不意撃ち

辻原　登

集英社文庫

目次

不意撃ち

渡鹿野
わたかの

午後一時半過ぎ、長身の三十過ぎの男が、ワンルームマンションの鉄製の外階段を派手な靴音をたてて駆け降りた。湿った雪がちらついていた。男は立ち止まって、ぶるっと体をねじるようにして震わせ、マフラーをワンループ巻きにして歩き出した。足を速め、きのう死亡事故があったばかりの東武東上《とうぶとうじょう》線の踏切りを遮断機が下りる寸前に渡った。警報機の周囲には、いくつもの花束が置かれていた。雪は、男の七分刈りの頭やジャケットの肩に止まるか止まらないかのうちに融《と》けて、細かな水滴になって毛織の中に消えていった。

途中、煙草《たばこ》を二本吸った。一日十本と決めている。三十分ほどで事務所に着いた。ジャケットが少し湿っている気がしたので、脱いでヒーターのそばの椅子の背に無造作に投げ掛けた。

「ハニー・トラップ」は、池袋駅北口に近い飲食店やラヴホテルが密集する一角の六階建ての古いマンションにあった。２ＤＫのＤＫ部分を事務所に、残りの二部屋を「禁煙ルーム」と「喫煙ルーム」に分けて待機室にしている。それぞれに早番の女の子七、八人が詰めていた。彼女たちの始動は二時からで、夜の八時に切り替わって、午前二時までが遅番となる。壁には性病検査の種類とその料金、遅刻した際のペナルティ、専属へアメイクさん予約番号、といった告知がラーメン店のメニューのように並んでいる。だが、字体は楷書《かいしょ》で美しい。最も目立つのは、黒い太マジックで大書された「本番厳禁」の注意書きで、三方の壁に一枚ずつ貼ってある。

左巴《さわ》さん、とマネージャーから呼ばれた男は、女の子の名前と送迎先の書かれたメモと車のキーを受け取ると一階に降りて、両手をポケットに突っ込んだやや気取った歩き方でマンションの裏の駐車場へ向かった。この時、すでに雪は止《や》んでいた。長身を折るようにして白のアコードの運転席に滑り込む。しばらくして、まどかとMAOが現れ、ドアを開けて、

「ドライバーさん、よろしくお願いしまァす！」

と声を揃《そろ》え、後部シートに体ごと投げ出すように乗り込んできた。左巴は無言のまま車を発車させた。明治通りから本郷通りを北上して、まどかを王子駅近くのホテルへ、今度は本郷通りを南下してMAOを巣鴨《すがも》のマンションへ送る。まどかは60分、MAOは100分のコースだ。

左巴は、六義園《りくぎえん》近くのセブン‐イレブンの駐車場に車を停《と》め、店内で週刊誌を二、三冊立ち読みしたあと、車を置いたまま三百メートルほど歩き、パチンコ店をみつけて入った。ガソリン代節約のため、待機中の車の余計な走行は禁じられている。

「ドライバーさん」はこうして小一時間、時間をつぶして王子に戻り、ホテルから出てきたまどかをピックアップすると、事務所からの新しい指示で彼女を西日暮里《にしにっぽり》のマンションへ送った。急いで巣鴨に取って返し、MAOを西池袋のシティホテルへ運ぶ。

「ドライバーさん」に早番遅番はない。午後二時から翌日の午前二時まで通しで送迎する。時給千五百円に食事代として一日二千円がプラスされる。左巴は精勤で、休むのは月に三日ぐらいだから、月収は五十万円ほどになった。下板橋のワンルームマンションは会社の借り上げで、彼は寮費として月四万円を会社に払っている。

女の子は六時間勤務の中で、一人平均三〜四回の指名が入る。この日も左巴のアコードは豊島《としま》、板橋、北、練馬、文京区一帯を、間に待機の休憩は入るものの、こまねずみのように駆けめぐった。「ハニー・トラップ」には車種も大きさもまちまちな車が五台あって、他の四人の「ドライバーさん」も左巴と同じように動き回っていた。どの車にもカーナビは付いていない。

午後五時過ぎ、春日《かすが》の交差点で、左巴の車と同僚の黒のプリウスが遭遇し、白山通りを北に向かってしばらく並走するというハプニングがあった。喜んだのはうしろにすわった女の子たちで、メールを交換してはしゃいでいた。

八時に女の子が切り替わる。この日の遅番はルミという女の子一人で、左巴は少しほっとした。デリバリー先は八時半に音羽《おとわ》、十時に中落合の二カ所である。ルミは人気上位の子だから、途中で新しい指名がいくつも入るはずだ。左巴はこれまで彼女を何度か乗せたことはあるが、このところしばらくごぶさただった。彼女とはほとんど言葉を交わしたことがない。店のホームページには、「年齢27　T162　B（D）　髪ボブ、ライトアッシュ、煙草吸いません」などと紹介されている。胸のサイズや髪についてはほぼ正確だろうが、年齢はどうだか、本人以外分からない。しかし、左巴は、ルミにどこか他の女の子と違う雰囲気を感じていた。

音羽のデリバリー先は、講談社《こうだんしゃ》の向かい、音羽通りを隔てた大塚二丁目にある高層マンションの二十三階だった。

「昼過ぎ、雪がちらついた」

左巴は、バックミラーをちらと覗《のぞ》きながら話しかけ、

「春の雪かな」

とつづけた。しかし、ルミは窓の外に視線をやったまま何も答えない。彼は、高層マンションの脇《わき》の植込みに近い仄暗《ほのぐら》くて目立たない場所に車を停めた。

「ありがとう、ドライバーさん」

黄緑色のトートバッグを肩にかけたルミが、明るいエントランスに吸い込まれて消えた。左巴は車を停めたまま、事務所からの確認の電話を待つ。十分ほどして、携帯電話が鳴った。

「ルミさん、OKです」

「追加の指名は？」

「いまのところありません。車を動かして下さい。新しい指名、入り次第連絡します」

左巴は車を不忍《しのばず》通りに出して、コンビニを探す。やがて、ローソンをみつけ、一つしか空いていないスペースに滑り込ませ、車の中でシートを倒して目を閉じた。眠れない。車の外に出て、今日七本目の煙草を吸いながら歩道を少し歩いた。喫茶店兼スナックのような店に入って、コーヒーを頼んだ。うしろの棚に並んだ漫画本の中に『宇宙《うちゅう》兄弟《きょうだい》』をみつけ、①から④まで読んだ。

十時少し前に音羽に戻り、ルミを乗せると目白通りから明治通りへ、そして新目白通りを西へ進んだ。

「ほんと、高層マンションの客っていや。頭がどうかしてるわ」

ひたいを冷たい窓ガラスに押しつけて、ルミはつぶやいた。

信号で車が停まる。信号機の下に「下落合《しもおちあい》駅前」と表示がある。

「ドライバーさん、その信号、たぶん左よ」

信号が青に変わる。左巴はハンドルを左に切り、ちっぽけな川に架かった橋を渡った。

下落合駅そばの踏切りを越えたところで、

「行き過ぎたかもしれない」

とルミがつぶやくように言った。

「このへん、詳しいんだね」

ルミはそれには答えず、戻って、橋の向こうのたもとを左折して川沿いの道を行くよう指示する。左巴は、駅前の窮屈なスペースで何とか車をUターンさせ、ルミの指示通りに川沿いの狭い道を徐行しながら進む。デリバリー先の住所は中落合一丁目六‐七、コート中落合五〇七だ。新落合橋のたもと近く、とマネージャーのメモにはあった。彼はいつもメモを、ウォーターマンの万年筆、インクもウォーターマンのミステリアスブルーを使用して、楷書で書く。

「あった！　あれだわ」

ルミが目敏《めざと》く、対岸のエビ茶色の七階建のマンションを指さした。エントランスの上のプレートに「コート中落合」とあるのが遠目にも分かる。

「川の向こう側か。道はこっちよりもっと狭そうだな」

「いいわ、わたし、ここで降ります。あの新落合橋のあたりに来て下さい。100分ですから」

ルミは車を降り、ピンク色のローヒールを鳴らしながら小走りに橋を渡って、「コート中落合」のエントランスに吸い込まれた。左巴はフロントガラスごしに彼女の後ろ姿の残像をみつめながら、シートの背もたれを七十度の角度に倒して目を閉じ、右手で左肩を、左手で右肩を交互に揉《も》みほぐし、首を左右に動かした。それからマナーモードにした携帯を右手に握って外に出ると八本目にジッポーで火をつけ、金網の防護柵《さく》にもたれて川を覗き込んだ。橋の欄干に掛けられた表示板に「妙正寺川《みょうしょうじ》　一級河川」とあるが、高い垂直のコンクリート壁に閉じ込められた幅二十メートルほどの浅い流れがどうして一級河川なのか。左巴は首をかしげた。一級河川と二級河川の違いはどこにあるのか、分からない。

両岸に建ち並ぶマンションの灯《あか》りが川面に落ちて、光は小魚の群れのように流れに乗って、跳ね回った。――しかし、こんなしょぼくれた川でもどこかで別の川と合流し、さらにまた別の川と合流して、やがて大きな一つの流れになるのだろう。隅田川だろうか。左巴はぼんやりした頭で、この流れを辿《たど》って海へと下ってゆく自分の姿を思い浮かべていた。

急に空腹を覚えた。どこか屋台のラーメンでも探して、かき込みたいところだが、事務所からの連絡があるまで女の子を降ろした場所を動くことはできない。

川面を小さな黒い影が二つ、上流に向かって並んでゆっくり溯《さかのぼ》ってゆく。水紋をきれいにうしろに引いている。灯影の中に入ったとき、それがカルガモのつがいだと分かった。――あいつら、一体いつ眠るんだ！

手の中の携帯が振動した。

「ルミからまだ連絡がないんだ。車、遅れたの？」

左巴は慌てて腕時計を見る。ルミがエントランスに消えて十五分はたっていた。たしかに遅れている。

「時間どおりに入りましたが」

「おかしいな。何かあったんじゃないか」

その時、左巴の視界の上端で何かが大きく動いた。視線を上げると、コート中落合の非常階段を転がるように駆け降りて来るルミの姿があった。

「待って下さい。いまルミさんが出てきましたから」

左巴は携帯を耳に当てたまま走り出した。橋の上で、若い男女の二人連れとすれ違う。彼は走るのを止めた。

「どうした？」

マネージャーの声が飛び込んでくる。

「待って下さい。いったん切りますから」

と左巴は声をひそめた。

近くで、踏切りの警報音が鳴っている。やがて電車の通り過ぎる音が聞こえ、地面がかすかに揺れた。エントランスから飛び出してきたルミが息を切らして左巴の肘《ひじ》を摑《つか》み、周囲を注意深く見回しながらささやいた。

「来て！　人が死んでる」

左巴はエントランスにもエレベーターホールにも人がいないことを確認すると、エレベーターボタンを押した。五階で降り、ルミが五〇七のドアを開け、二人は靴を脱いで部屋に入る。

部屋は広めのワンルームで、窓の片側の空間をセミダブルベッドが占め、もう一方に大きめの机があり、禿頭《はげあたま》で小肥《こぶと》りの中年男が広げたファイルブックに右手を添えたままの状態で、椅子の背にあおむけになって倒れていた。見開かれた両目の瞳孔《どうこう》は左に吊《つ》り上がっている。左のこめかみに煙草の火を押しつけたような黒焦げが広がり、その中心に小さな穴が開いていた。穴の周りには僅かだが凝固した血がこびりついている。

左巴はすぐ玄関のドアに鍵をかけて戻ると、顔を両手の中に埋めて震えているルミの肩にそっと触れた。

「知ってる人？」

ルミが首を振る。

「でも、指名でしょ。名前は？」

「鈴木さん」

左巴は事務所に電話を入れる。

「本当に死んでいるのか」

「ええ、間違いないですね」

「そのままにしとけよ。絶対に触るな。ひょっとして、触ったものはないか？」

左巴はふり返って、ルミにたずねた。

「ドアノブ以外は何も触ってないそうです。私は……、鍵とロック錠に触りました」

マネージャーは修羅場に慣れていて、矢継早に的確な指示を送ってくる。

「床はどうなってる？」

「フローリングです。たたきはベージュのリノリウム……」

「靴跡を残すな。ウェットティッシュでたたきをきれいに拭くんだ。もちろんドアノブは内側と外側、それにロック錠もな。靴は廊下に出てからはくこと。……その男、ケータイから予約を入れてる。一見《いちげん》さんだ。彼の周辺にケータイはないか」

ファイルをずらすと、その下に携帯電話と灰皿が見えた。

「ケータイだけ持って帰れ。他のものには触るな。発見に時間がかかるだろうから、ケータイさえ持って帰れば問題ない。部屋から出る時は気をつけろよ。絶対人に見られるな。エレベーターで誰かと一緒になったら、キスでもしてアベックのふりをしろ。何分で戻れる？」

「三十分ぐらいで」

「よし、三十分で戻れ」

左巴とルミは、キスする必要もなく車に戻ることができた。

「おれ、ああいう現場見るの、初めて」

わざと軽い調子で話しかけたが、左巴の声は震えていた。助手席にすわったルミは、黙って前方をみつめたままだ。

左巴が選んだ帰りのコースは最短のはずだったが、山手通りで事故渋滞に巻き込まれ、五十分以上かかってしまった。

マネージャーは左巴から客の携帯電話を受け取ると、左巴とルミを連れて上の階にある彼の部屋へ移動した。

マネージャーが携帯電話をチェックする。持ち主はどうやら日本人ではない。予約を入れてルミを指名してきた鈴木という男は間違いなく日本人だった。その時の電話番号とこの携帯の番号は違っている。機種はドコモの折りたたみ式ガラケーで、電話帳のリストの大半は中国人か韓国人のようだ。鈴木という名前はない。

チェックを終えると、マネージャーは縁なし眼鏡を外して、

「ルミさん、今日はこれで帰っていいですよ。あれから指名が三つあったけど、他の子を回したから。左巴くん、きみも今夜は上がっていいよ。ルミさんを送って、車は明日、乗って来てよ。分かってると思うけど、この件、他言無用だよ」

ルミは初台《はつだい》に住んでいた。要町《かなめ》一丁目交差点から山手通りに出て、渋谷方面へ走れ

ばよい。渋滞はすっかり解消していた。

「ねえ、雪がちらついたんですって？」

「雪……、ですか？」

「あなたがそう言ったんじゃないの。春の雪とかって……」

左巴は雪のことも、ルミに話したことも忘れていた。

「短い時間、ちらついただけでしたよ」

「でも、わたし、気がつかなかったわ」

「降ったのは下板橋で、初台じゃ降らなかったんだよ」

中野坂上で屋台のラーメンを見かけた左巴が誘うと、ルミはうなずいた。

「ずっとラーメンが食いたくて」

「わたしも」

屋台には行列ができていた。三十分ほど並んでようやくありつき、熱いラーメンを啜《すす》りながら二人は本名を名乗り合った。ドライバーと女の子の間では、携帯のメールアドレスの交換はしないのが不文律だが、事件に絡んだ情報の交換が必要になるかもしれないとルミが言い、二人は赤外線でアドレスを送受信した。ルミを首都高速ぎわに建つマンションに送り届けて、左巴が下板橋の部屋に帰ったのは午前二時近くだった。シャワーを浴びてベッドに入ったが、目を見開いた男の顔が頭から離れない。しかたなく、B

S日本映画専門チャンネルから録画した「たそがれ清兵衛《せいべい》」を観《み》て、明け方ようやく眠りについた。

†

事件のことは翌日、夕刊各紙の下段左隅で小さく報じられた。

25日午前十一時半頃、新宿区中落合のマンションの一室で、この部屋に住む中国籍の銭瑛《せんえい》さんが頭部と腹部を拳銃で撃たれて死亡しているのがみつかった。知人のAさんが訪ねてきて発見したもの。新宿署は他殺と自殺の両面から捜査を開始した。

二十六日も左巴とルミは何事もなかったかのように出勤した。しかし、左巴がルミを送迎することはなかった。マネージャーがわざと外したのだ。翌々週の早番になって、ようやくルミは左巴の車に乗り込んできたが、他の女の子も一緒だった。三人目の客のもとに送るとき、ようやく二人きりになった。

「頭だけじゃなく、腹も撃たれてたんだな。気がつかなかった。だけど、一滴も血が流れてなかったのはなぜだろう」

「そう、床にはね。あの男の椅子、背もたれもすわる部分も随分ゆったりした大きな造りだったでしょ。椅子に血溜《ちだま》りができてたんだけど、気づかなかったのね、わたしたち」

一カ月が過ぎた。事件に関する報道はあれっきりで消え、その後のことは分からずじまいになった。

二人は週に一、二度の間隔で、運転席と後部シートの間で以前より少しは多く言葉を交わす。互いの本名は、左巴 満《みつる》と新藤《しんどう》さと子《こ》と分かってはいるが、これまで通り変わらず、「ルミさん」「ドライバーさん」と呼び合っている。

他愛のない四方山《よもやま》話を重ねているうち、それぞれの過去が透けて見えてきた。

——左巴満は茨城県石岡市の出身で、一九九五年に地元の工業高校を卒業後、鉾田《ほこた》にある大手電機メーカー傘下の部品加工会社で、家電製品、パソコンの周辺機器、携帯電話の部品などのプラスチック成形機のオペレーターとして働いた。二〇〇〇年の夏頃までは景気もよく、残業も多かったが、〇三年の初めあたりから倉庫に在庫品が山と積まれるようになった。案の定、その年の秋から人員整理が始まり、〇四年の正月明けに出勤すると指名解雇を言い渡され、九年近く勤めた末に、百万円ぽっきりの退職金で放り出された。

実家に戻って、失業保険を貰《もら》いながらハローワーク通いをしていたが決まらず、思い切って上京する。新聞の求人欄を見て派遣会社の募集に応じて採用されたが、どの派遣先も事前の説明と実際の条件がまるで違う。印刷会社のオペレーター、化粧品の営業、宅配便の運転手など、ほぼ三、四カ月単位で二年近く転々としていたが、東京ではもう芽はないと諦め、茨城へ帰るつもりで上野駅まで来た。構内のプラットフォーム下の洞穴のような立喰いそば屋で、カレーうどんを啜りながらタブロイド夕刊紙の求人欄を見るともなく見ていると、「送迎ドライバー募集　時給1500円　寮有り」とあるのが目に留まった。駄目もとで電話を入れると面接が決まり、常磐線《じょうばん》に乗るのはやめて山手線で池袋へ向かった。

指定のホテルや自宅に派遣された風俗嬢が客と擬似セックスをする、いわゆるデリバリーヘルスは、二、三度体験していたから、左巴には送迎ドライバーの仕事に抵抗はなく、即採用になった。

一九九九年の風俗営業法の改正で、店舗型風俗業の新規出店が規制され、一九八〇年代前半から九〇年代にかけて、性風俗業界で隆盛をきわめた店舗型のファッションヘルスからデリバリーヘルスへの大転換が始まった。デリヘル出店の勢いはいまも止まらないし、「送迎ドライバー」は売手市場なのである。左巴はこれまで何をやってもうまく行かなかったが、いまの仕事は風俗という点に目を瞑《つむ》りさえすれば仕事は楽だし、けっこう居心地もいい。同僚には小指のないドライバーもいるけれど、そういう連中ほど気のいいやつが多い。女の子が「お仕事中」は車の中でのんびり過ごす。もともと浪費家タイプではなかったから、四年間近くドライバーを務めて、すでに七百万円近い貯金もできた。あと一年ぐらい勤めて一千万円貯《た》めて、茨城に帰り、出戻りの姉とお好み焼と鉄板焼の店を始めるつもりだ。店の名前も決めてある。

「で、そのお店の名前、何て言うの？」

ルミがたずねた。

「まだ言えない。この店辞めないうちに口にすると、実現しなくなるかもしれないから」

ルミがうしろのシートで、フフンッと鼻先で笑った。

「案外、慎重居士《しんちょうこじ》なのね」

「シンチョウコジ？」

「じゃあ、わたしのことも教えてあげる。わたし、こう見えても子供がいるの」

「子供……、男の子、女の子？」

「女の子。広島の実家に預けてある。わたしもいずれ田舎に帰って、家業を手伝いながら、その子を育てるつもりで貯金してるの」

「何歳？」

「三歳と三カ月」

「名前は？」

「個人情報の公開はここまで」

「なら、旦那は？」

「行方不明」

†

ある日、ルミから携帯にメールが入った。事件の日、彼女を自宅に送った時、メールアドレスを交換したが、一度もやりとりしたことはない。左巴はアドレスを交換したことさえ忘れていた。

「休みはいつ？　ベトナム料理はいかが。西池袋にいいお店があるの」

「ベトナム料理？　食ったことないけど、でも喜んで」

翌週、二人は東武の改札口で落ち合い、立教大学近くのベトナム料理店に入った。今夜は奢《おご》らせて、と言って彼女がどんどん注文してゆく。

「バインセオ。これは広島ふうのお好み焼に似てるかな。お店のメニューの参考になるかもよ」

店は古ぼけた雑居ビルの二階だった。ビルの二つの角を占有しているため、窓を大きく切ってあり、開放的でくつろいだ雰囲気を醸し出していた。ベトナム人のシェフもホールスタッフもみんな愛想がいい。

二人はベトナムワインの白で乾杯した。

「広島県のどこ？」

「大竹市」

「初めて聞いた」

「そうよ。茨城の人が広島県のまちなんか知るわけないわよね」

「知ってるさ。呉《くれ》、尾道《おのみち》、広島、岩国……」

「岩国は山口県よ。でも大竹はそのすぐ隣のまち」

「このお好み焼、いけるね。何てったっけ？」

「バインセオ。……あなた、恋人はいるの？」

「いない」

「風俗は行く？」

「行くけど、デリヘルはね。ヘルス系は苦手なんだ。もっぱらソープ。たまにニューハーフも行くよ」

「どのへん？」

「御徒町《おかちまち》」

「ニューハーフの子たちって、性格のいい子が多いって聞くけど」

「そうとも限らないんじゃないかな」

「わたし、『ハニー・トラップ』の他にもやってるのよ。『新宿人妻性感エステ』。木金土が池袋、月火水が新宿」

「頑張るね。でも、今日は火曜だけど」

「お休み取ったの」

「どうしてそんなに馬車馬みたいに働かなきゃなんないの？　カード地獄、それとも……そうか、旦那がドロンしたんだったね。多額の借金残して、とか……」

「ドロンはドロンだけど、違うのよ。そうね……ミイラ取りがミイラになったとでも言うのかなあ。その事情は説明しにくいわね。とにかく仲違いして別れたんじゃないの。それからお金を稼ぐのは、前にも話したように、預けてある子供のためで、仕送りの額をできるだけ増やそうとしてる」

　鶏肉のフォーで食べおさめをして、ベトナム料理店の危なっかしい階段を下りるとき、左巴はルミの手を取った。ルミが彼の手の中で指を動かしてきた。路地から表通りに出ると、左巴はタクシーを呼び止め、ルミを先に乗せ、運転手に湯島と告げた。湯島のホテルなら、「ハニー・トラップ」の女の子と鉢合わせする可能性はまずないだろう。

　左巴は、ルミの床あしらいのうまさに驚嘆した。思わず、男が感謝の言葉を口にしたくなるような技巧を駆使する。

「ルミさんが人気の理由、ようやく分かったよ」

「そう、ありがと。じゃ、もう一回どう？　有料だけど」

ルミが笑って言った。

「それより、おれがサービスしてあげるよ」

左巴はルミをうつぶせにして、裸の背中を脊椎に沿って、肩甲骨の下から腰骨にかけて丁寧に指圧しはじめた。ルミはすぐに体を弛緩《しかん》させ、呼気吸気を左巴の指のリズムに合わせようとする。五分とたたないうちにルミは眠りに落ち、小さな寝息をたてはじめた。

†

「ハニー・トラップ」のルミ、新藤さと子は、かつて「リクルート」系の編集プロダクションにいて、タブロイド夕刊紙や週刊誌の記者として、食べ歩きルポや旅行記事を書いていた。たまたま風俗を担当していた男性ライターが倒れ、ピンチヒッターとして大阪の色街《いろまち》、飛田《とびた》の取材に赴き、その時の探訪記事が好評で、やがて女性初の風俗専門ライターとして活躍するようになった。記者から風俗嬢へ、ミイラ取りがミイラになった、とはこのことだが、彼女がミイラになるまでには、何年もの月日が挟まっている。

彼女の実家は、広島県大竹市で不動産業を営んでいた。祖父の代に、海が次々と埋め立てられて、巨大な石油化学コンビナートの建設が始まった頃、大儲《おおもう》けしたこともあった。祖父が亡くなると、さと子の父があとを継いだ。大竹市の人口は、一九七五年の約三万八千余人をピークに、二〇一〇年現在、二万八千余人に減少している。実家の不動産業も衰退の一途で、いまでは辛うじて看板を下ろさずにいられる状況である。

彼女には、幼い頃の消すことのできない記憶がある。祖父が少し呆《ぼ》けはじめた頃のことだが、縁側で日なたぼっこをしながら孫をつかまえて、

「さと子が生まれた年じゃがなあ、びっくりするよなことが起きて、そりゃ大竹じゅうがしんと静まり返ったもんや」

と語りはじめた。

一九七九年（昭和五十四）一月二十六日、大阪で起きた「三菱銀行人質事件」のことである。

「テレビがあの事件をずっと中継しておってな。銀行の中で、人質になった人が次々と猟銃で殺されとるらしい。犯人が何者《なにもん》か、なかなか分からんでな。それが翌日になって、何と大竹の人間ちゅうやないか。梅川という名前がテレビに出たとき、みんな仰天した。あの梅川か！　いまでも、大竹の人間は『梅川』の名が出るだけで、みんな貝になるん

や。梅川は、ほれ、あそこの三菱レイヨンの社宅で生まれたんや。取り上げたんは診療所の青柳先生や。さと子も青柳先生やった」

両親は、祖父がさと子に事件のことを話したことを知ると、激しく祖父をなじった。そして、すでに進行していた認知症のせいにすることで、幼いさと子に与えた衝撃を和らげようとした。しかし、少女の脳裡《のうり》に深く刻まれたのは、事件のことよりも梅川という名前だった。

高校生になって、彼女は図書室から一冊の本を借り出して読んだ。

――犯人梅川昭美《あきよし》は、大阪市住吉区にある三菱銀行北畠支店に猟銃を持って押し入り、警官と銀行員計四人を殺害し、四十三人を人質にしてたてこもり、二日間、密室の恐怖の支配者《ツァー》として君臨した。彼は銀行員の耳をそぎ、女子行員を全裸にした。警察は事件発生から約半日、この暴君《ツァー》が何者であるかつかめなかった。梅川と判明したのは、二十七日未明になってからだ。本籍地広島県大竹市、現住所大阪市住吉区長居。しかも彼は四通りの名前で呼ばれていた。昭美《あきよし》、昭美《あきみ》、照美《てるよし》、照美《てるみ》と幼年時代、青年時代、故郷の大竹、一時父親と過ごした香川県引田町、そして大阪と、時と場所を異にするごとに違った名前が残された。十五歳の時、大竹で強盗殺人を犯し、少年院での二年間を経て大阪に出てきた。事件当時、梅川は三十歳だった。

事件発生から二日目の午前、梅川の母親が香川からヘリコプターに乗せられてきた。

支店長席の電話が鳴る。ツァー梅川が受話器を取る。そばには支店長の死体が転がっている。

母親は「あきちゃん」と呼んだ。いきなり電話は切られた。さらにそのあと母親は手紙を書いて呼びかけた。

「あきよし、お母さんがきていますのよ。朝のてれびで知ったのですが、おまえどうしたことをしたのです」

手紙はドアの下から差し入れられた。返事はなかったが、母に名を呼ばれた瞬間から、梅川の恐怖による絶対支配は確実に揺らぎはじめている。ついに彼がうとうとと眠りこみ、大阪府警選りすぐりの射撃隊の八発の弾丸をあびて倒れるまで、さして時間はかからなかった。

梅川の最期にはなぜか人を心の闇《やみ》へ、物狂おしさへと駆り立てる何かが含まれている。梅川という文字表記、ウメカワという音の響きにもまた。

さと子の高校時代の成績は良かった。両親は広島大学か山口大学への進学を望んだが、本人は同時通訳の仕事に憧《あこが》れ、横浜にある女子の英語教育に力を入れているミッション系の大学を選んだ。

寮に入った。親からの仕送りもあり、贅沢《ぜいたく》さえしなければ、アルバイトにあくせくすることもなく充分にやっていける。横浜山手《やまて》の、港の見える丘の上にあるキャンパスからは、横浜ベイブリッジをくぐって出入りする貨物船や大型客船が眺められた。

二年生になった春、ハマっ子の友人に誘われ、国立劇場小劇場で初めて文楽をみた。その時の通し狂言が『冥途《めいど》の飛脚《ひきやく》』で、さと子は「梅川」と出会った。心中道行きの遊女と三菱銀行人質事件の犯人との間には、何一つ共通するものがなかったが、彼女の心の淵《ふち》の最深部で、その名は奇妙に反響し、共鳴し合うのだった。

さと子が同時通訳者をめざしてサイマルの講座に通っていたとき、講師のカナダ人と付き合うようになった。都内の私立大学にトロント大学から交換教授で来ていた三十五歳の、白人にしては小柄な男で、向こうに妻子がいる。ポール・ド・マンについて書いていると言った。日本語はあまりできず、さと子との会話はすべて英語だった。トーマス・マクナマスは山好きで、滞日一年半ですでに富士、箱根・金時山、雲取山、榛名山《はるなさん》などに登っていた。

彼はさと子を丹沢の表尾根縦走コースに誘った。小田急線秦野《はだの》駅からバスで登山口に着き、まずヤビツ峠をめざしたのだが、登り口を間違えて別のところに出てしまった。もう一度登山口まで引き返して、登り直すまでかなりの時間を食ってしまった。二ノ塔に着き、三ノ塔から烏尾山《からすおやま》へと縦走をつづける。新大日を通過したあとの分岐点であやしくなった。山慣れた風体の三人の男のグループに追いつき、さと子の通訳で塔ノ岳《とうのたけ》山頂までの道を確認したが、わざとだったのだろうか、間違った道を教えられ、三十分ほど登っておかしいと気づき、再び三人の男がいた地点に戻った。地図を入念にチェックする。午後一時を回っていた。表尾根縦走距離は約十四・四キロ、七時間のコースである。登山口出発が午前九時だったからすでに四時間を費して、まだ行程の半分も来ていない。遅れを取り返そうとして、トーマスはさと子を励ましながら凄《すご》いスピードで登る。二時半、あと一時間ほどで塔ノ岳頂上というところで、下ってきた山小屋の管理人に声を掛けられた。

「あんたたち、懐中電灯、持ってるか」

持っていないと答えると、

「下りが危ないよ。途中で足場の悪いところがあるから、外国人と女の足ではこれ以上無理だ。頂上は諦めたほうがいい。近道を教えるから、いまから下りはじめるんだな。暗くなる前にふもとに着くだろう。……この道を百メートル引き返すと分岐点がある。左手の岩間道を取って、斜面をジグザグに下るんだ。下りたところにキャンプ場とバス停がある」

と言って、山小屋の管理人は深い熊笹の中に入って行った。

二人は彼の助言に従って百メートル引き返して岩間道を下ったが、どこで道を間違えたのか、いつまでもふもとに辿り着けない。山の斜面は急速に日がかげり、そのままどんどん暗さが増していった。六時を回っていた。さと子は泣き出した。眼下に人家の灯りが見えたが、なかなか近づくことができない。別の方向に灯りが見えたかと思うと、また視界から消える。八時頃、ようやく県道らしき道に下り立ったが、バス停は見当らない。さと子の足はもう一歩も動かない。道路脇にへたり込んでいると、人声と懐中電灯の灯りが近づいてきた。

彼らは千葉の市川から来た三組の中年夫婦で、近くの水無川《みずなしがわ》渓谷でキャンプを張っている。彼らもまた塔ノ岳山頂をめざしたが、やはり道を間違えて迷ってしまい、ようやっと県道まで下りてきたところだった。ここからバス停までは相当な距離がある。彼らはトーマスとさと子をキャンプまで案内し、カレーライスと熱いコーヒーをふるまってくれたうえ、パジェロでバス停まで送ってくれた。

その夜、二人は秦野のホテルに泊った。さと子は初めて男に抱かれた。だが、トーマスとの恋はこれで終わる。トーマスはその年の秋、トロントに帰って行った。別れに劇的なものは何もなかった。彼女は文楽に夢中になり、大阪の国立文楽劇場にも足を運んだ。TOEICの成績も八〇〇点からなかなか上がらない。やがて同時通訳の夢もだんだん色褪《いろあ》せていった。

競馬界には大穴ゲッターとして知られ、テレビにも出演する美人ターフライターはいたが、風俗専門の女性ライターは珍しく、いまではもう誰も覚えている者はいないが、新藤さと子の存在は当時ちょっとしたものだった。全国の今なお残る色街を訪ねてルポルタージュし、零細出版社からガイドブックも出した。

ライター生活五年目の夏、中年の女性エッセイストが書いた「デリヘル嬢体験記」が、三回にわたって大手出版社発行の月刊誌に掲載された。さと子は衝撃を受けると同時に、不思議な高揚感を味わった。

風俗探訪ルポと称しても、さと子の取材はせいぜいデリヘルの待機室どまりで、風俗嬢たちが、知らない男の待つ部屋のドアを開けて入ってゆく、そのドアの内側を目撃したわけではなかった。男性ライターなら、客を装ってドアの内側で女を待っていればよい。

その女性エッセイストは、果敢にもホテルのドアをこじ開けるようにして入っていき、職業も年齢も風貌《ふうぼう》も違う男たちと、一時間一万五千円で擬似セックス行為を、実際にしてみせたのである。彼女は三日間、風俗嬢になりきって、十一人の男を相手にしたのだ。

さと子は、奇妙なドン・キホーテ的勇気に駆り立てられ、取材を通じてかねて懇意の新宿の経営者に頼み込み、特訓を受けて、一日だけ、彼の店のデリヘル嬢になった。

たしかにドアの前では足が竦《すく》んだ。しかし、それから起きたことは、女性エッセイストの場合とほとんど変わらなかった。三人の客を相手にしたが、彼らはみな感謝の言葉を添えて彼女をドアの外へと送り出してくれた。喜ばれたうえに、お金が貰える。予想していたような嫌悪感はまるで覚えなかったし、倫理上の罪悪感に苛《さいな》まれることなどありえない、と思った。

しかし、さと子はその体験記を書かなかった。書いても二番煎じに過ぎないし、エッセイストの文章を超えるものなど書けっこないことを、体験を通して悟ったのだ。

彼女は、このことを社内やライター仲間にもいっさい口外しなかった。だがその後、打ち明けた人間がたった一人いる。その男、木下隆《きのしたたかし》は、常に発行部数でライバル誌と鎬《しのぎ》を削っている男性週刊誌に、署名入りの記事を書く花形フリーライターの一人だった。

彼の取材は丁寧で、経済ものに強く、資料をコツコツ集めていて、ネタもとの評論家や大学教授の勉強会やセミナーにもこまめに顔を出す。筆も早いうえ、取材費も抑えぎみで、編集者の受けもよかった。本人は、いずれ高杉良《たかすぎりょう》のような企業小説の書き手をめざしていた。

さと子が編集プロダクションの会社に入ってすぐの新人研修の時、講師として招かれてきた彼に取材や文章の手ほどきを受けたことがある。その彼と、銀座シネパトスで、五年ぶりに偶然出会った。小津《おづ》の「浮草《うきぐさ》」を観に行ってのことである。木下はさと子を、築地場外の波除《なみよけ》神社近くのイタリア料理店に誘った。

さと子は、終始快活で、話を逸《そ》らさない木下の人当りの良さに誘われるようにして、自分のデリヘル体験を語った。彼との交際がはじまった。食べものの好みも合い、体の相性もいい。三カ月後には、下落合の彼のマンションで同棲《どうせい》生活をはじめた。

やがてさと子は妊娠し、迷った末に産むことに決めた。いったん職場を離れ、子育てののちいずれ復職するつもりだった。

二〇〇七、〇八年当時、大々的な勧誘セミナーを都内の一流ホテルで開催し、派手な宣伝と出版物で話題になっていた「オレンジプラン・ファンド」という投資顧問会社があった。スイスのプライベート・バンクを使った高利回りの投資がうたい文句で、三カ月で60%の利回りが可能と言い、百万円投資すると、まず五十万円の額面のフリー・チケットと称するカードが送られてくる。

東京ドームを借り切り、アクセサリー、貴金属、洋服、化粧品などの有名ブランド品を揃えたアウトレットを出店する。顧客は五十万円カードで、それらを自由に購入することができる。商品はすべて偽ブランドか規格落ちのジャンクだったが、こうして千六百人から二百五十億円余りを集めていた。

木下はこの投資顧問会社を追っていた。ホームグラウンドの週刊誌に見開き四ページの記事を掲載する予定で、地道な裏付け取材をつづけるとともに、学者、専門家のコメントを集め、締切り前に記事を完成させていた。しかし、彼は掲載直前になって、原稿を渡さないことにする。担当編集者は驚き、激怒して、深夜に電話での激しいやりとりが何時間もつづいた。

ある日、夜遅く帰ってきた木下は、さと子に、おれ、出禁《できん》になった、とだけ言った。出禁とは、ホームグラウンドの週刊誌だけでなく、他のメディアでの執筆の機会も失われるという厳しい処分だ。

なぜ、あれほど力を入れて書いた記事を渡さないことにしたのか、彼女は不審に思ったが、あえて詳しくたずねることはしなかった。預金はあるから、しばらく休んでほとぼりが冷めた頃、ライバル週刊誌にでも売り込みにゆくのだろう、と楽観的に考えていた。しかし、彼のようすがおかしい。落ち着きがなくなり、行き先も告げずふらりと外出して、夜遅く泥酔して帰ってきたかと思うと、二日も三日も書斎に閉じこもって出てこない。口数も少なく、髭《ひげ》も伸び放題だ。

ある日、木下は、しばらく地方へ行くと言い出して、自宅にいま現金はいくらあるかと訊《き》いた。さと子はありたけの十一万円を彼に渡した。翌日、彼女が赤ん坊を定期健診に連れて行って帰って来ると、木下はいなかった。革のショルダーバッグとキャスター付きのトランクが消えている。伝言も書き置きもない。書斎をチェックすると、辞書類、何冊かの本、パソコン、衣類、洗面具、愛用の文具のほか、彼名義の通帳、カード、保険証も持ち出していた。

彼は地方へ行くとだけしか言わなかった。地方とはどこを指しているのだろうか。一週間たっても音沙汰がない。さと子は、彼の古い手帳や年賀状を頼りに友人、知人に問い合わせた。かつての仕事場のライター仲間に訊いても、心当りはないという返事しか返って来ない。彼の信州の実家にも連絡を取ったが、立ち寄った形跡はなく、母親はただ驚くばかりだ。

二カ月たっても彼からの連絡はなく、消息は摑めない。あんなに子煩悩だった彼が、あの出来事以来、子供をかまわなくなり、努めて赤ん坊と距離を置こうとさえしていたことに、さと子はいまさらのように気づく。

ある日、思いついて、木下と大学で同じゼミだった大手証券会社に勤めているかつての同窓生に電話してみて、あるヒントを得た。

一カ月前、「オレンジプラン・ファンド」の社長が詐欺の疑いで逮捕された。木下は、事件化していなかった当時の投資詐欺の内実を正確に摑んでいたようだ、と同窓生は言った。同窓生自身も、木下に取材先を紹介したことがある。社長や関係者の逮捕のあと、事件はいっせいに大きく報道された。千六百人から集めた二百五十億円余りの金はうやむやになっていて、逮捕された中心メンバーの背後に広域暴力団の影がちらついていることは一部の新聞、週刊誌で報道されたが、暴力団関係者からは、逮捕者が出ていない。

木下は取材を重ねてゆく中で、その実態を知って、被害が全国規模で広がっていく前に、桜田門にリークしたのかもしれない、正義感の強い男だったからね、と同窓生は言った。警視庁が動き出すと同時に原稿が掲載されたら、当然誰がリークしたか分かる。さと子には思い当るふしがあった。木下がいなくなったあと、家に無言電話がかかってきたり、差出人のない手紙が何通か届いた。中身は見ないで、他の郵便物とともに一つにまとめてある。

同窓生はまた次のようなことを話した。

数年前、大阪の中小証券会社の営業マンが、ヤクザから資金を集めて、先物取引に数千万円単位の金をつぎ込み、失敗してスッテンテンになり、ヤクザの怒りを買った。その男は、身を隠していたヒルトンホテルの室内で首吊り自殺した。それから一週間ほどたって、幼児が何者かによって淀川に放り込まれて溺死《できし》するという事件が起こる。のちに、写真週刊誌でその子は自殺した証券マンの子だと報道された。

危険が迫っている。さと子は下落合のマンションを出て、遠い横浜市緑区のアパートに引越した。古巣のプロダクションに復職しようとしたが、二年余りのブランクがたたって、彼女の割り込む余地はなかった。その後、かつての同僚の厚意で、校正の仕事を回してもらっていたが、大して収入にはならない。

さと子は娘を連れていったん大竹に帰り、一カ月ほど滞在すると、娘を両親に預けて再び上京した。彼女の新しい生活が始まった。帰省の折、広島銀行大竹支店に千円で作った母親名義の口座に、毎月十万から二十万円を子供のために振込みつづけている。

†

ルミが再び左巴の車に乗った日のこと。

「いつか、一千万円貯めて、お姉さんと鉄板焼の店を開くと言ったわね。店の名前は教えないって」

「うん、最近、姉ちゃんから催促の電話が来るけどね、いつから始めるのか決めてくれって」

「わたしもいまのペースだと、広島に帰るのがかなり先になりそうなの。でも、東京では、そろそろ年貢の納め時かな。随分長いあいだ娘の顔を見てないし」

「近いうちにUターンするつもりなんだ」

「まだ時期は決めてないけどね。で、前から気になってる場所が一つあって、帰る前にそこへ寄って、ひと稼ぎしてみようかとも思ってるの」

「どこ？」

「昔、フリーの記者やってた頃、日本列島のあちこちの風俗や色街の取材に、カメラマンさんと一緒に出かけたんだけど、三重県の小さな島を訪ねたことがあるの。お伊勢さんのすぐ近く。あの島へもう一度行ってみたいな。あの時、案内してくれたおじいさんにも会いたいし。もう亡くなってるかもしれないけど」

「そうか、ルミさんは元記者さんか」

「そうよ、風俗専門のライターだったの」

「風俗取材してるうちに、その業界に入る女の人って、あんまりいないよね」

「いま、普通の女性が、自分の意志で風俗選んで、プロ意識持って働いてるでしょ。わたしは、業界の間近で仕事してたから、風俗に入るのにそういう人たちよりずっと抵抗が少なかったかな。予行演習みたいなこともしてみたし」

「なんだか、ジャーナリストに戻ったみたいな……」

ルミは微笑《ほほえ》んで、窓外に目をやった。


その後、しばらく左巴はルミの送迎を担当することはなかった。三カ月ほどたって、マネージャーにたずねると、一カ月前に辞めたという。人気のある子だったから、引き止めたんだけどね。

まだ時期は決めてないと彼女は言っていたが、予定より早く目標額を達成したのか。

左巴は一抹の淋《さび》しさを覚えた。そして、メールを送ろうとして、止《よ》した。……まだ一千万には届かないが、おれもそろそろ潮時かもしれないと考え始める。姉と連絡を取りつつ、茨城に帰る準備にかかっていると、いまお伊勢さん近くの島にいる、とルミからメールが入った。アパートを借りて住んでいる、しばらくいるつもりだ、と。

しばらくいるのなら、一度訪ねてみたい、とメールを打つと、歓迎、来る前に連絡乞う、と返って来た。

左巴は引越し準備を早めた。ドライバーを辞め、荷物を実家に送り出すと、鉄板焼の修業のため大阪に向かった。修業といっても、フランチャイズ展開する鉄板焼チェーンの研修会に参加するだけのことだ。難波《なんば》のビジネスホテルに泊って、二週間の研修を終えると、リュックを担いで近鉄大阪上本町駅へ急いだ。島への行き方は、ルミからメールで詳しく教えてもらっていたのだが、間違えて、名古屋行きの特急に乗ってしまった。途中でおかしいと気づき、車掌にたずねて、津で名古屋から来た賢島《かしこじま》行きに乗り換えた。二時間近いロスだが、先に伊勢神宮の参拝だけは済ませておきたい。左巴は神妙な顔付きで玉砂利を踏み、外宮《げくう》と内宮《ないくう》を回ったのち、バスを乗り継いでようやく夕刻、島に向かう渡船場に着いた。

†

左巴を含めた八人の男ばかりの客が乗り込むと、船頭は後進をかけて船を転回させた。背後の山の端に日が沈んだ。

さっきまで目の前に見えていた島影が闇に溶け始める。島には一つの灯りも見えなかった。

左巴以外の客はすでに相当きこしめしていて、騒がしい。

「宴会でコンパニオンが来て、わしらが品定めして、置屋に行くという運びらしいで」

「ショートが二時間で二万、十一時から泊りで四万と聞いたんやが、船頭さん、まことかのう?」

半袖シャツに船員帽をあみだにかぶった六十がらみの船頭が、面舵《おもかじ》を取りながらうなずく。やがて前方に、懐中電灯の光が輪を描くのが見えた。早くもエンジンが止まり、船縁《ふなべり》が桟橋のタイヤに当って、コトンッと音をたてた。

「もう着いたんか。早いのう。しゃーけど、えろう暗いやないけ。灯りが一つもないで」

「えろう冷たい歓迎ぶりやなあ」

どこからともなく笛や太鼓のはやしの音が、幻聴のように左巴の耳に聞こえてきた。

懐中電灯の光の輪の中に、五十過ぎの茶髪の女が立っていて、灯りをめぐらせて彼らの足許を照らした。

「ようお越しやす。お迎えにまいりました」

酒と煙草にやられたしゃがれ声で言った。八人の男は女の灯りに導かれて上陸した。

「おばはん、この島、電気来てへんのかいな」

「みなさん、ええ時に来なはったな。今夜は年に一度の天王祭の最終日でね。ちょうどいま頃八重垣《やえがき》神社でご神体を御神輿《おみこし》に移している最中なんよ。その間、島の灯りはみんな消されるんですわ」

「さよかさよか。そら、おもろい祭りやなァ」

「新宮《しんぐう》の御燈《おとう》祭は、かまどの火を落とすことになっとる」

「あんた、新宮から来たんか」

「いや、わては大阪や」

「大阪のどこや?」

「貝塚や」

「貝塚か。貝塚は紡績やな。日紡貝塚、大松《だいまつ》監督」

「古い古い。もう紡績工場は一つもないわ」

茶髪の女が、これから案内するホテルと旅館の名をあげた。七人は同じ宿でなく、三人と四人に分かれるらしい。左巴がルミからのメールの指示に従って予約を入れていたのは、四人組と同じ海浜ホテルだった。

女に従って海沿いの道を歩き出した時、提灯《ちょうちん》の灯りが脇からいきなり近づいて、

「ウメガワ」

と呼びかける声がした。

「あ、親方」

と女がふり返った。女の名はウメガワというのか、と左巴は思った。そばに立った男は小柄な老人で、頭にハンチングをちょこんと載せている。老人は、左巴の顔に向かって祭り提灯を高く掲げた。

「兄《あん》さん、梅川《うめがわ》のお客はんですな」

その時、背後の海で、ドーンという大きな音が上がって、あたりに閃光《せんこう》が飛び散った。夜空に、花火の大きな傘が開いた。遠くから歓声が湧き、いっせいに島に灯りが点《とも》った。

左巴は、ぼんやりと立ち止まったままだった。彼の胸の高さで、老人がハンチングのひさしに手をやって微笑みかけてくる。その時、左巴は突然、ルミからのメールを思い出した。「ハンチングをかぶった小柄なおじいさんが案内してくれます。おじいさんに四万円払って下さい。できれば些少《さしょう》の心づけを。わたしの源氏名は梅川です」

左巴は、四人の男たちと共に南欧ふうの瓦屋根を載せた白い五階建の海浜ホテルにチェックインした。ロビーで、四万円とチップの一万円を渡した。老人は、九時に迎えに来る、と言って姿を消した。

ロビー奥のソファに派手な化粧と衣裳《いしよう》の女が五、六人すわっていて、茶髪の女を間に挟んで、四人の男たちの見立てが始まった。

「この子たちでのうてもええんよ。まだ他にもおるさかい。ここへ連れて来てもええし、置屋まで来てもろて、見立ててしてもろてもええし」

左巴は、彼らを尻目にそそくさとエレベーターに乗り込んだ。四階の部屋に入ると、浴衣《ゆかた》に着替え、屋上の露天風呂に浸《つ》かって、缶ビールを飲みながら星空を眺める。夕食膳の舟盛りには、大きな伊勢エビの活造《いけづく》りが鎮座していたが、甲殻類の苦手な彼には箸のつけようがなかった。

九時きっかりに老人が迎えに来た。左巴は大阪で買った手みやげの「551の豚まん」の入った大きな紙袋をぶら下げて、祭り提灯の後に従う。祭りのにぎわいはとうに果て、静まった路地を、お面をつけた子供たちが走り抜けて行った。

入り組んだ路地の角ごとに、スナックのネオンサインが点滅していた。スリットの深いチャイナドレスやセーラー服姿の女たちが、ドアの前で香水と化粧の匂いをふりまきながら、

「オヤカタ、コンバンハ。オキャクサン、マワシテクダサイネ」

路地がうねりくねった急勾配の坂道に変わる。粗目のコンクリート舗装には滑り止めの刻みがついていた。五つめの急カーブを曲ったところで、

「あれや。あの三号室が梅川の部屋や。ごゆるりとな。時間があるなら裏を返してあげてや」

老人が提灯を上に向けて、崖にしがみつくように建っているアパートを示した。三つ四つの部屋に蛍光色の灯りが点っている。

老人は、ハンチングを目深にかぶり直すと踵《きびす》を返して、あっという間に坂道を駆け下った。

「東京から来たのは、あなたが二人目よ。みんなこわがって来ないの。なんてことない場所なのに」

とルミは言った。

部屋は台所と風呂の付いた二間で、小ぎれいに整えられていて、奥に赤いカバーの掛かったベッドが置かれ、脇の台に37インチのテレビとDVDプレイヤー、CDデッキ、その隣に色褪せたクリーム色のダイヤル式電話器が載っている。ルミは、伊勢の酒と、いかにも当てに的矢《まとや》かきの燻製《くんせい》を用意して彼を待っていた。

「関西の人は宴会プランでやって来て、コンパニオンの中から選ぶか、置屋で……、置屋といってもスナックだけど、女の子を選ぶの。決まったら女の子のアパートへ行くんだけど、スナックの二階が女の子の寮になってて、三階で客を迎える置屋もあるわ」

「いつここへ来たの？」

「六月半ば」

「あのじいさんが、前に話していた人だね。親方って呼ばれていた」

「そう、彼、元締めなの。女の子たちの雑用もこなしている」

「いま、女の子は島に何人ぐらいいるの？」

「四十人ぐらいかな。置屋は五軒。わたしが取材に来た頃は七十人近くいたわ。いまは日本人より外国の子が多い。コンパニオンが足りないときは、あの茶髪のおばさんもコンパニオンに早変り。……どうする、いまからする？」

左巴がうなずく。二人は二度交わり、シャワーを浴び、再びベッドに横たわった。左巴の右腕にルミは頭を預け、右手を彼の胸に置いた。

「窓から乗船場が見えるのよ」

ルミは体をねじり、右手をうしろに伸ばしてカーテンを開いた。左巴は上半身を起こして、開け放たれた窓にもたれた。対岸まで一キロもなさそうだ。連絡船がこちらに近づいて来る。

「どうして梅川なの？」

と左巴が問う。

「源氏名は親方が付けてくれるの」

左巴は、疲れてうとうとしているうちに眠り込み、気がついたら真夜中だった。ルミが台所で洗いものをしている。お茶を淹《い》れてくれて、二人で赤福《あかふく》をつまんでいると、ドアがノックされた。

「コンバンハ！　フォー、ツクッタケド、タベルカ？」

「ありがとう、李《リー》さん。いただくわ」

ルミはフォーの載った盆を受け取り、李さんに赤福と「551の豚まん」のお裾分けをした。左巴が玄関のほうを覗くと、彼女は、スナックの前で、「オヤカタ、コンバンハ」と声を掛けてきた女だった。

二人は熱い鶏肉のフォーを汗びっしょりになりながら啜った。

「李さん、台湾から来た子だけど、なぜかベトナム料理が得意なの。居心地がいいから、ずっとここにいたいって。何にもないちっぽけな島だけど、島の人は親切だし、自由に暮らせるし、居すわる子もけっこう多いみたいね。万が一の時は、お葬式も出してくれるって聞いた」

ルミがふっと視線を宙にさまよわせる。

「いまどきダイヤル式なんて珍しいね」

と言って、左巴が腕を伸ばして、電話の受話器を持ち上げ、いたずらにダイヤルを回した。

「それ、どこにも通じないの。単なる飾り。映画やお芝居の小道具みたいでしょ」

「ルミさんが主演女優か。そうだ。この前は教えなかったけどね、茨城で姉とやる鉄板焼の店、天狗党《てんぐ》にしたんだ」

「あなた水戸出身なの？」

「いや、ひいおじいちゃんが筑波山《つくばさん》の挙兵に参加したって聞いたことがあるから」


小鳥の囀《さえず》りが窓から聞こえてきて、あたりが明るくなった。左巴は眠りに落ちた。彼が顔に当る強い陽ざしで目を覚ますと、ルミはテレビで映画を観ていた。

「お早よう。これ、もうすぐ終わるから、ちょっと待っててね。お風呂たててあるから入って」

「あんた、昨夜からほとんど寝てないんじゃないの」

「一緒に寝てたのよ」

「その女優さん、若尾文子《わかおあやこ》？　何て映画」

「『浮草』。五十年ほど前の旅芸人の一座のお話。島の向かい側の的矢が舞台なのよ。ホテルのＤＶＤを借りて、もう十回以上観てるわ」

「同じ映画をそんなに繰り返して観たことないなあ」

左巴が風呂に浸かっていると、映画を観終わったルミも入ってきて、互いの背中を流し、湯槽《ゆぶね》の中で抱き合った。寝室のCDデッキから、不思議な音楽が低く流れている。一九七六年八月、パリで、インドのシタール奏者ラヴィ・シャンカールとフルートのランパル、ヴァイオリンのメニューインが共演した『モーニング・ラヴ』だ。三年前、失踪した木下が唯一残していったCDである。

風呂から上がると、缶ビールを片手にベッドインし、それから左巴があおむけに横たわり、ルミがバスタオルの裾を広げて馬乗りになる。シタールとフルートとヴァイオリンのアンサンブルに身を委ねて、二人はゆったりとしたセックスに没頭する。

「お伊勢さんはどっちだろう?」

「あっちよ」

とルミは窓とは反対側の背後の壁を指さした。

「じゃ、お参りしようか」

二人は壁に向かって体を入れ替え、左巴が背後に回った。

それから一時間、まどろみに落ちた。

左巴は八時半にいったんホテルに戻らなければならない。アパートを出ると、坂道で老人が待っていて、ホテルまで連れて行く。人影のほとんどない道に、祭りの櫓《やぐら》や幟《のぼり》、提灯などがまだそのまま残されていた。空缶や紙屑《かみくず》が、ところどころにうずたかく積まれている。

「裏を返しはりますな」

道すがら老人がたずねた。左巴はうなずいた。もう一日、いることにしよう、と彼は独り言《ご》つ。もう一日、この島に……。

ホテルに戻ると、部屋に朝食の膳が用意されていた。しばらくすると、濃い化粧のルミが現れて、朝食の給仕をする。怪訝《けげん》な面持《おももち》の左巴にルミは説明する。

「これが仕来りなのよ。志摩のはしりがね」


――江戸大坂間を船で通運していた頃のこと。遠州灘《なだ》と紀州灘という大灘を通らなければならない航海の中で、深い入江を持つ鳥羽・志摩の小港には、風待ちや時化《しけ》を避けて無数の千石船、五百石船が寄港した。港々には船乗りを相手にする遊女たちがいた。船が入ると、女たちは寄港した船に艀《はしけ》で乗りつけた。船中での見立てがすんで相方が決まると、酒宴が始まる。宴が果てると、男は女と艀に乗って港の置屋に上がった。遊女は男の色の相手ばかりでなく、衣類の洗濯や綻びのつくろいなどもした。朝には朝食を調え、男を船まで送って行った。初回をかり宿、翌日、同じ女を指名することを裏返しといった。三回目となると馴染みである。遊女たちを鳥羽や志摩では「はしりがね」と呼んだ。

「はしりがね」の由来は諸説ある。一つは、針師兼のなまりで、遊女は針を持って相客の衣類のつくろいなどの世話を兼ねたことから。二つは、走り鉄漿《かね》で、港に船が入ると取るものも取りあえず、身づくろいする間もなく、走りながら鉄漿をつけて行ったことから。三つは、諸廻船の船乗りたちが最初にふところのカネを遣うのが志摩や鳥羽の遊女たち相手だったから、はしりのカネ。

さらに一つ、柳田國男《やなぎたくにお》に珍説がある。走り蟹《かに》。船が沖から現れると、女たちが渚の砂の上をあちこちするところから、また、カニはカネのことなり、と。

「だから、連絡船でお客さんを運んで来て、ホテルかスナック兼置屋で見立てをして、宴会のあと、女の子のアパートにしけこむのって、昔のはしりがねの名残《なごり》みたいなものね」

八年前、風俗探訪ルポを担当していた頃、さと子はこの島とめぐりあった。周囲七キロもない小さな島だが、現在、風俗に従事する女性が、置屋のおばさんたちも含めて六十人前後、ホテルと旅館の従業員あわせて百十数人、そして古くからの漁師とその家族を含めた百二十人余りが暮らしている。

「漁協がきびしいのよ」

とルミは言った。二年ほど前、タイ人のコンパニオン二十数人を引き連れた男が島に上陸しようとしたとき、力ずくで追い返したとか。

裏を返した左巴は、午後、ルミの案内で島をめぐった。よく晴れて、風もほどよく吹いていた。ルミは鳩羽《はとば》色の絹を張った日傘を差した。乗船場では、帰ってゆく昨夜の宴会客を見送りに出たコンパニオンたちが、船が対岸の渡船場に着くまで手を振っていた。李の姿を見かけたルミは、フォーのお礼を言った。

集落には廃屋ばかりが目立った。屋根が梁《はり》の真ん中から落ちている。崩れかけた外階段、割れたガラス窓の連なり。昨夜の天王祭がうそのようなさびれた佇《たたず》まいだった。

「島から出て行く人が多いの。この家も、ほらあの家も、もう無人よ」

どの路地でも人とすれ違うことはあまりない。男たちはみな漁に出かけていたから、たまに出会うのは地味ななりの女たちと子供たちばかりだった。彼らはルミや左巴と目を合わせようとしない。彼らの視線は二人を素通りしてゆく。つまり、彼らにとって、ルミと左巴は透明人間なのだ。

しかし、道すがら、左巴はいつもどこかから見張られているような気がしてならなかった。彼がそのことを口にすると、

「そうね。見張っているのは、人じゃないかもしれない」

と言って、ルミは立ち止まった。

路地の突き当りに猫のひたいほどの野菜畑があった。奥にプレハブふうの小さな平屋が建っている。野菜畑にはキュウリやカボチャやナスが植えられているが、それらの間

にドラえもんやピカチュウなどの大きなキャラクター人形が鎮座していた。平屋の周囲にも、招き猫や稲荷《いなり》のキツネ、タヌキ、鉄人28号や鉄腕アトムなど、プラスチック製の人形や焼きものが所狭しと並んでいる。

「親方のおうちよ」

とルミは言った。

八重垣神社の急な石段をのぼり、鳥居をくぐって、仄暗い境内に立った。こんもりと繁《しげ》ったスダジイやホルトノキ、椿などの照葉樹に囲まれて、静まり返っている。小さな社殿がある。昨夜、ここで御神輿に御神体が移されるとき、島の灯りがいっせいに消されたのだ。

左巴は賽銭箱《さいせんばこ》に千円札を入れて商売繁盛を祈願した。

境内の一角に槙《まき》の巨木が聳《そび》え立っていた。二抱えも三抱えもありそうだ。苔生《こけむ》した幹には垂《しで》が何重にも巻かれている。

「島の神木よ」

そういえば、集落のあちこちで槙の植込みや生垣を見かけた。廃屋の庭にも繁っていた。

ルミは槙の木に近寄ると、すがりつくようにして幹に耳を押し当てた。

「わたしのパワースポットなの」

木の中程の枝に、祭りの風船が一つ、引っかかっていた。突風が来て、森のすべての葉を騒《ざわ》めかせた。

島の東北端にある展望台に登った。

「対岸に見えるのが的矢の港よ」

ルミが指さした。太陽が海面を輝きで満たしている。ルミが日傘をくるくる回すと、布地ごしに差し込む陽の光が、色白の彼女の顔に薄紫の微妙な反映《かげ》をつくった。

東屋《あずまや》の床几《しょうぎ》に腰かけ、ルミは日傘をかたわらに置いて、日ざしの中に両腕と両足を伸ばした。

「気持いいから靴もストッキングも脱いじゃおうかしら」

うん、と左巴は言って、彼女を抱き寄せ、剝《む》き出しの肩にキスをした。

引き返す途中、狭くて仄暗い谷間にある遊女の墓に詣でた。墓石はなく、ただ小さな石ころが並んでいるだけである。

「そろそろわたしも浮草稼業から足を洗って、広島へもどらないとね」

とルミは墓に手を合わせながら小声で言った。

ホテルで、二人は露天風呂に入り、夕食の膳に向かった。ルミが給仕する。左巴は執《しつ》拗《よう》に一緒に食べることを勧めたが、ルミは箸を取らない。

「コンパニオンは食べてはいけないことになっているの」

それから、アパートに戻って、再び愛しあった。最初は今朝までと同様、避妊具を使用していたが、最中にルミが口ではずしてしまった。

左巴が果てたあと、遅れて訪れる快感の波に、ルミは体を震わせ、声を上げた。

†

翌朝、左巴が部屋を出る時、ルミは、

「見送らないわね。……ごきげんよう、さようなら」

と言った。

左巴はいったんホテルの部屋に戻り、シャワーを浴びようとしたが思い止まり、そのままの体で身じたくをして下に降り、チェックアウトののち、乗船場に行って船を待った。いつのまにか、そばに親方が立っていた。

乗船客は彼一人だった。船が桟橋を離れて方向転換すると、彼は島をふり返った。崖の途中に、彼女のアパートかもしれない小さな建物が見えた。

渡船場に着くと、入れ替わりに十数人の団体客がガヤガヤと乗り込んできた。左巴は待合室に貼ってあるタクシー会社の電話番号を見て、携帯でタクシーを呼んだ。

室内の掲示板をぼんやり眺めていると、一枚の色褪せたポスターが目に入った。二〇〇七年十一月二十四日、伊勢市内で行方不明になったタウン誌の女性記者に関する情報提供を呼びかける内容で、三重県警が製作したものである。ポスターの真ん中に、その女性の写真が大きく配され、「ミャンマー（ビルマ）の辺境で、難民の子供たちと」というキャプションが付いていた。

仔細《しさい》にその顔写真を見ているうち、左巴は、さっきまで一緒にいた女と目許がとてもよく似ていることに気づき、失踪者の姓名を確認しようとしたとたん、タクシーが到着してクラクションを鳴らした。

仮面

「ねえ、何これ！」

炭酸煎餅を頬張りながら、かすみは消音にしたテレビの映像に向かって大声を上げた。津波が市街地を一気に呑《の》み込んでゆく。彼女のうしろで、男は反対側の壁際に寄せた机上のパソコンに見入ったままだ。

「ちょっとちょっと」

映像に目を凝らしたまま、左手のひらを腰のうしろあたりに回して、蝶《ちょう》のようにひらひらさせた。群《むれ》かすみ、四十一歳。髪はブルネットのショート、左頬に髪と同じ色の細かな雀斑《そばかす》が散っている。

男は腰掛けたままで椅子をうしろ向きに女のそばまで滑らせ、百八十度回転させると、テレビの画面に目をやった。二人はしばらく息を呑んで映像に見入っていた。やがて、男は小さなため息と共に視線を窓のほうへとめぐらせた。窓ガラスに直《じか》に白いペンキで書かれた大きな文字を濡《ぬ》らして、霙《みぞれ》まじりの雨が斜めに降っている。文字はところどころペンキが剝がれているが、反転させれば「ＮＰＯ法人ヘルピング・ハンド　深江《ふかえ》サテライト」と読める。

「大変。啓《けい》ちゃん、どうする?」

かすみは鼻を一つくすんと鳴らして、男の顔を覗《のぞ》き込んだ。

「どうするって?」

「出番が来たん違う?」

啓ちゃんと呼ばれた痩身長軀《そうしんちょうく》、猫背の男は甲斐啓介《かいけいすけ》。五十一歳。「ヘルピング・ハンド　深江サテライト」代表である。

「煙草《たばこ》、切らしてもうた」

と彼は立ち上がり、傘立てのコーモリを手に急な階段を駆け降りた。外に出たとたん、不意の寒さに、おっ、と小さな声を上げ、首を竦《すく》め、あたりを用心深く見回した。濡れそぼったアスファルトにズックの踵《かかと》を怒ったように押し付ける。

事務所はモルタル三階建の二階にあり、一階は美容室で、頬がバラ色をした巨漢の美容師「先生」が一人で切り盛りしている。しかし、いま店内には客の姿も当の「先生」の姿も見当らない。海の匂いが漂って来る。このあたりには小さな造船所が多く、溶接の音やハンマーで鉄板を敲《たた》く音が響いている。

甲斐は角のローソンでメンソールを求め、咥《くわ》え煙草で阪神の深江駅まで足をのばした。夕刊には間に合わないだろうが、号外が出ているかもしれない。梅田行き急行の通過を待って踏切りを渡ると、駅前では案の定号外が配られていた。彼はすぐ折返して遮断機が下りる寸前に踏切りを渡り、傘を差したまま号外を拾い読みしながらもと来た道を辿《たど》った。

　タブロイド判一枚の紙面には「巨大地震、震度7、マグニチュード8・8」の大きなゴシック文字が躍っている。8・8か、とつぶやく。あの時は7・3やったな。いま、彼が歩いているあたりは十六年前、倒壊し、焼けた建物の瓦礫《がれき》におおわれていた。事務所のある東灘《ひがしなだ》区深江だけで死者は百三十人を数えた。森北町七十八人、御影四百七十二人……、東灘区合計千四百七十人、と誰もが憑《つ》かれたように数えた。灘区九百三十四人、中央区二百四十三人、兵庫区五百五十六人、長田区九百二十一人、西宮市千百二十六人、宝塚市百十七人。生き残った人々が、生涯忘却することのない数字の連なりだ。

　美容室の前に「先生」が立っていて、雨脚のようすを見上げながら甲斐とまるで同じメンソールを吸っている。相変わらず客の姿は店内に見当らない。甲斐は軽く会釈をして、美容室の前を通り過ぎた。「先生」は怪訝《けげん》な表情で彼を見送った。

　百メートルほどで小さな造船所に突き当る。鉄板を打つ音は小止みなく続いている。造船所の脇に、瓦礫の中で一軒だけ焼け残った、しおたれた喫茶店がある。甲斐はカウベルの付いたドアを引いて入る。客はいない。奥の大型テレビの前に店主の老女が一人ぽつんとすわっている。彼女はもうほとんど耳が聞こえない。彼は彼女に声を掛けそびれたままカウンター席に腰掛け、二本目のメンソールに火を付ける。

出番が来たん違う？　かすみの声が甦《よみがえ》った。声音はずっと耳の中で響いていた。彼女が何を考えているのか、甲斐には分かりすぎるほど分かっていた。

二人は十六年前、神戸で知り合った。甲斐は大阪船場に本社のある、繊維会社の営業課長代理だった。震災の時、青年会議所のボランティア活動に加わり、東灘小学校の避難所でテントの設営や救援物資の仕分けと搬送に携わった。群かすみは、福祉系大学を卒業したあと岡山市内の医療法人の介護施設で働いていて、岡山県医師会が派遣する医療奉仕団の一員として神戸に来た。二人はこの時、共にバツイチ同士で、東灘小の校庭に設けられたテントの中で、身寄りのない老人を数人看取った。偶然居合わせただけのことだが、老人の遺体を荼毘《だび》に付すまで行動を共にすることになった。その半月後、甲斐の勤める会社が不況で倒産し、退職金もなく放り出された。会社の仕打ちにショックを受けた反動から、ボランティア活動に精を出す。

彼は会社の箕面《みのお》の倉庫に、自分が担当した一万五千枚のTシャツが在庫のままであることを思い出した。さぐりを入れてみると、まだ銀行や債権者は気づいていない。彼は、夜間、震災救援隊のトラックとボランティア仲間を動員して、Tシャツをこっそり運び出すことに成功した。これを以前取引があり、懇意にしていたアパレルメーカーに持ち込み、「ファイトやKOBE」「立ち上がれ、神戸っ子」といったキャッチとイラストをプリントして、「復興支援『九回裏逆転Tシャツの会』」の幟《のぼり》を立て、梅田、淀屋橋《よどやばし》、難波、天王寺の駅頭で販売し、三日間で売り尽くした。支援の名目を信じて、定価千五百円のシャツに二千円払い、釣りを受け取らない大阪人が少なからずいた。この売上げ金の使途について、甲斐は人に言えない秘密を抱えている。

かすみは岡山医療奉仕団が引き揚げたあとも被災地に残り、一人暮らしの老人や障害者をケア・サポートし、避難所や仮設住宅での孤独死を防ぐことを目的に設立された「ヘルピング・ハンド」の活動に加わった。避難所や仮設住宅に設置された緊急通報装置を通して、二十四時間無休で被災者の病気や生活上の様々な相談、要望に対処する。ある時、甲斐の「九回裏逆転Tシャツの会」などと合同で、東京で復興支援街頭募金活動を行った。これには東灘小学校の児童五人も加わって、元気に声を張り上げた。それが意外と大きな金額になった。

潤沢な資金を手に入れた「ヘルピング・ハンド」は、広範囲かつきめ細かな活動をめざして、大規模避難所ごとに「サテライト」を設けた。かすみは東灘小学校での活動を評価され、東灘小学校のある深江地区を割り当てられ、現在の事務所に「ヘルピング・ハンド　深江サテライト」の看板を掲げた。甲斐の「九回裏逆転Tシャツの会」も同居することになった。

やがて被災地の復興も進み、民間の救援活動の存在理由が稀薄《きはく》になってゆく。ボランティア団体の多くは解散するか別の地域へと移って行った。「ヘルピング・ハンド」も一九九八年に役割を終えて解散したが、全部で十一あった「サテライト」のうち、「深江サテライト」を含む四つは、単独の団体として活動しつづけることになる。その年、NPO法が成立すると、「深江サテライト」は翌一九九九年四月にNPO法人格を取得した。これで行政の要介護障害者支援助成金による事業受託が可能になり、「サテライト」は十人以上の介護士を擁して、被災地区への派遣事業を開始した。女性事務員も一人雇って、しばらくは順調だった。

一方、甲斐の「九回裏逆転Tシャツの会」は、一万五千枚のTシャツは完売したものの、柳の下に二匹目のドジョウはいなかった。その後の災害支援グッズ——ナホトカ号重油流出事故、台湾大地震、有珠山《うすざん》噴火、新潟県中越地震など——は大量に売れ残った。甲斐は在庫を抱え、ボランティア活動どころか、資金繰りに追われる身になった。

やがて「サテライト」の事業にも翳《かげ》りが見え始める。二〇〇〇年に導入された新たな介護保険制度によって、それまで医療法人や社会福祉法人によって運営されてきた介護施設に民間が参入できるようになると、「サテライト」が抱えていた介護士全員が尼崎の大手民間介護施設に引き抜かれ、「サテライト」の介護士はかすみ一人というありさまになった。この時点で「サテライト」の代表は、甲斐が引き受けることになり、その後、ホームヘルパーやガイドヘルパーの派遣で、辛うじて息をついている。

銀行がNPO法人に金を貸してくれる訳はない。寄付金も集まらないため、甲斐は、返すあてのない高利の金に手を出した。

店主が淹《い》れてくれたコーヒーを飲みながら、一時間ほど過ごした甲斐が雨の上がった道を戻ると、美容室に一人の客がいた。「先生」は巨体を揺すって椅子の周りを舞っている。

甲斐が事務所のドアを開けると、部屋の様相が一変していた。書棚や机の上はからっぽで、パソコンも消えている。

「生駒《いこま》の亮《りょう》ちゃんからケータイあってん。東北へ行くんやったら自分も行きたいって。両親も賛成してくれてるって」

亮はかすみの甥《おい》で、高校二年生の頃からの引きこもりだ。二十五歳になる。甲斐は神戸の震災の時、引きこもっていた多くの若者が街にどっと出て来て、ボランティア活動に加わったことを思い出した。

かすみは荷作りの手を片時も休めようとしない。

「パソコンは？」

「そこの段ボールの中よ。それからマリちゃんも行く気やわ」

マリは以前、事務所で雇ったことのある女性だった。

「こっちから声かけたんかい？」

「最低四人は必要やわ。すぐ出発よ」

「もうちょっとようす見たほうがええよ。何しろ千キロも離れとるんや。道かて寸断されてるやろし」

「何言《ゆ》うてんの。こんなチャンス二度とないよ。三、四日たてば、現地で救援組織の受け皿づくり始まるやろし。その前に、何としてもどこかの避難所に一番乗りせえへんと。何暗い顔してんのん？」

甲斐は重い腰を上げたが、いったん動き出すと行動は迅速だった。まず駅前のオリックスレンタカーでワゴン車を借りたあと、東灘区役所に赴き、県知事宛《あて》のＮＰＯ法人解散届を提出して、いったん事務所に戻った。解散は、かすみの強い意志によるものだった。

すでに亮とマリが到着していて、甲斐は亮をワゴン車に乗せて救援物資の調達に走り回った。コープや百円ショップで懐炉やガス焜炉《こんろ》、携帯ガスボンベ、薬、生理用品、粉ミルク、菓子、水、缶詰、乾パン、即席麵、衣料、毛布……等々、ＧＳで携行缶入りガソリンを二十缶購入して、店員に東北に行くと告げると、一万円のカンパと五缶を無償提供してくれた。

購入した物を段ボールに詰め替えて、再び車に積み込んだ。他の荷物も合わせると二十個以上になった。

「引っ越しみたい」

とマリは楽しそうに言った。

甲斐とかすみは自身のパスポートと健康保険証をリュックに収めて、旅支度は調った。

「あんたら、もう神戸に戻らへんつもり?」

とマリが尋ねた。二人は黙って答えない。

三月十二日午前三時、四人は出発した。甲斐が運転する。

トイレ休憩のため立ち寄った養老SAの駐車場で、「被災地NGO共生センター」のスタッフの顔を見つけた。新潟県中越地震や四川《しせん》大地震で、支援に携わったベテランスタッフの三人だ。小さい車に乗っているからまずは偵察隊だろう。彼らに気づかれないようにこっそり先に出発する。途中足柄《あしがら》SAで運転をかすみに交代して、午前十一時半頃、多摩川を渡った。霞《かすみ》が関《せき》でいったん高速をおり、日比谷公園脇に車を停《と》め、十六年前に、東京での募金活動の際使用した「ファイトやKOBE支援隊」の横断幕に、「ガッツや『TOHOKU 東北復興支援隊FROM KOBE』」と大きく塗料で書き加えて車のボディーにめぐらした。秋葉原でさらに若干の救援物資と子供の遊び道具を買い足したあと、甲斐の運転で箱崎から川口JCTを経由して東北自動車道を北上する。

「どこへ向かうの?」

「イチョウの木が一本だけ残ったまちへ」

とかすみは答えた。

下り路線は、被災地へ向かうトラックや自衛隊の車両でノロノロ運転がつづいた。東京を発《た》って十時間後、ようやく仙台宮城ＩＣを通過する。東京から甲斐がハンドルを握る。カーナビを信用していないかすみが、助手席で膝の上に広げた「東北詳細道路地図」とにらめっこしている。つけっ放しのラジオからは、福島第一原発1号機で水素爆発が発生したことや、宮城県南三陸町で住民一万人が行方不明になっているというニュースが流れて来る。

「一万人やて！　神戸の倍やわ。もっと増えるかもな」

かすみがうめくように言った。亮とマリは後部座席で口を開いて眠っている。前方と後方を十数台の自衛隊車両に挟まれて進む。雪が舞いはじめた。

「神戸の霙が雪になったたな」

と甲斐が独り言《ご》ちた。

「あら、霙なんか降ってたん？」

「何や、知らんかったんか」

仙台宮城ＩＣを通過しておよそ五時間後、一関ＩＣで高速をおりた。迷った末、なんとか国道343号を見つけて東へ進む。深い山間《やまあい》の曲りくねり、アップダウンの激しい道路で、ほんとうに進んでいるのかどうか分からなくなるほどだ。前方に三台の自衛隊車両けに変わった。道の至るところにひび割れやデコボコがある。
高い山の斜面にある数戸の民家から、乏しい灯《あか》りがもれていた。道はひたすら下るだ
をとらえた時、甲斐は安堵《あんど》した。間違いなく被災地に向かっているからだ。

やがて雪が止み、雲も切れて、明けそめる空の下に海が見えた。海の手前に何かがあった。四人は、最初、それが人口一万のまちの壊滅した姿だと認識することができなかった。瓦礫の連なりを白煙がおおっていた。その上を夥《おびただ》しいカモメとカラスの群が鳴き声を上げながら旋回する。甲斐は瓦礫の中に車を乗り入れた。自衛隊車両に随《つ》いて、辛うじて道路らしき隘路《あいろ》を縫って行く。

迷彩服の自衛隊員が、押しつぶされた車の中やヘドロの下の遺体、折れた電柱の電線に引っかかった遺体を収容している。臭いが車の中にも侵入してくる。瓦礫の中に毛布をかぶって、茫然《ぼうぜん》とたたずむ人々がいた。

「イチョウが見える」

とかすみが指さした。前方に、まだ葉のない一本の大木が、梢《こずえ》に濃い霧のようなものをまとって立っていた。白いテントが近づいた。屋根に消防団の字がある。長い消防用の樫棒《かしぼう》を持った男が五、六人、焚《た》き火を囲んでいる。一人が甲斐の車に停車を命じ、近づいて、

「窓さ開けろや」

と殺気だったようすで言った。

窓を開けると、覗き込んで、

「ドロボーでねぇが？」

甲斐は車から降りて、車体にめぐらした横断幕を示し、救援物資を積んで神戸から来たことを大声で告げた。

「神戸がら来たのすか？　ほだらばあそごさ見える体育館さ行ぐすぺ」

と男は樫棒で丘の上のレンガ色の屋根を指した。

甲斐たちはイチョウの木の下を通り過ぎた。亮とマリは泣いている。イチョウを見上げていくら目を凝らしても、梢にまといついた霧のようなものの正体は摑《つか》めなかった。

体育館には住民、児童生徒、教職員ら約二百四十人が避難していた。まだ救援物資は届いておらず、学校の備蓄品の水や乾パンはすでに底をついていた。住民の男性と教員十数人が手分けして、歩いて内陸部の集落を訪ね、食料を調達しているが、おにぎり一個を三人で分け合うありさまだ。

校庭に車を乗り入れた甲斐たちは、私たちは神戸から来たと告げ、段ボール箱を降ろして体育館の中に運び込み、箱を開けて壁際に露天商のように並べる。

最初に子供たちが群がって来た。ゆっくり立ち上がった大人たちがそれを遠巻きにした。かすみはしばらく鋭い視線で館内のようすを観察していたが、やがて一人の中年女性に近づくと、みずから名乗って、NPO法人と入った名刺を差し出した。相手の女性は名刺を見て、あらという顔をして、岡《おか》ますみと名乗り、この小学校の校長だと付け加えた。群かすみは、「ヘルピング・ハンド」の活動について手短に落ち着いた口調で説明し、この避難所で介護士として老人や病人のケアに当りたいと申し出た。

早速、かすみはマリを従えて体調不良を訴える人たちの間を回ってアドバイスし、励まし、慰めの言葉をかけ、持参した市販の医薬品を配り始めた。間もなく自衛隊や民間の救援隊が到着し、救援物資が次々と降ろされてゆく。甲斐と亮は校庭に出て、荷物運びや物資の仕分けと配布を手伝い、やがて始まった炊き出しにも積極的に加わった。その間に、かすみは体育館の女子更衣室を自分たちの事務所として確保した。空の段ボールを机代わりにして、ノートパソコンを開いてホームページを設け、避難所の状況や活動をツイートする準備を整えた。更衣室のドアには「NPO救援センター」のプレートを掲げ、「ご用の方はノックしてから」と貼紙《はりがみ》した。

体育館をコの字に囲む教室には遺体が運び込まれてくる。叫び声と嗚咽《おえつ》、啜《すす》り泣きが、潮騒《しおさい》のように反響してあたりを充《み》たした。

四人は車には泊らず、被災者と同じ床に敷いた段ボールやブルーシートの上で、寝苦しい一夜を明かした。

他のボランティアに較《くら》べ、四人の動きと段取りの良さがきわ立っていた。何しろ神戸からの一番乗りだ。一目も二目も置かれている。甲斐とかすみは避難所のルールづくりにも積極的に関わっていった。新たに到着するボランティア・グループはまず「NPO救援センター」に案内される。そこにはかすみがいて、簡単な聞き取り調査の上、登録され、役割が与えられる。他の避難所へ回されることもある。

また、かすみは岡校長に神戸での経験を熱を込めて話し、避難所名簿の作成の重要性を説いた。名簿には各人の被災状況も記載する。二人は協力し、パソコンを使って名簿の作成に取り組んだ。こうしてかすみは岡との間に信頼関係を醸成するのに成功した。

「何といっても、阪神淡路を経験した神戸ブランドやから」

かすみは魔女のように甲斐にささやく。ヘリコプターで医療隊が到着した。

甲斐は避難所の男性住民、消防団、ボランティアの男たちに交じって、瓦礫の撤去作業に出かける。まちの海側の半分近くは、まだドロ水に浸《つ》かっていた。瓦礫やヘドロの下には遺体が隠されている。男たちは甲斐を神戸の被災者だとみなし、彼はそれを訂正しなかった。母親を捜しているという茶髪の青年がスコップを使いながら、

「何千人も呑まれてるってのに、悲鳴もなんも聞げねがった。五メートルぐれえの波がうしろから来て、おれは必死で走ったんだ。したら、前からも来るでねえか。なんだべ!?　という感じ。横向いだら横がらもぐるでねが。ビリヤードの玉っこみてえによ、あっちがらもこっちがらも。枝のようなものが波の上にいっぺえ出《で》っから。おれには

それが人の手のように見えだ。カンネンして、ナムアミダブツ唱えだよ。そんどき、前がら来た波と横がら来た波がぶつかって、何が起ぎだど思う？　大っきな波が渦巻いで、鳴門の渦潮みでなやつ。それで一瞬、波が止まっだんだ。波同士の喧嘩《けんか》のおかげでおれは助かったんだ」

ドキュメンタリー映画を見ながら喋《しやべ》っているかのようだった。

亮は校庭のブランコを直したり、男の子たちに持参した野球のグラブとボールを配って、キャッチボールをする。マリは、黄色いビブスを着けた「セーブ・ザ・チルドレン」のメンバーによる紙芝居や鬼ごっこに加わった。亮はまた、汚れ放しのトイレを、小中学生たちに呼びかけて、当番制で清掃するよう指導した。

衣料、毛布、水や食料などはようやく行き渡るようになって、避難所にもやや落ち着きが生まれると、かすみが、神戸の経験を楯《たて》に随所で杓子《しやくし》定規にルールを強制しようとすることに対する反発が、他のボランティア・グループから出始める。かすみはそういう動きを、ツイッターを通してきびしく牽制《けんせい》した。行政に対しても容赦ない批判を展開する。まず避難所にいる町会議員の一人を槍玉《やりだま》に挙げた。

「群さん、町議の村上《むらかみ》さんは、奥さんと二人のお子さんが行方不明なんです」

岡が耳打ちした。かすみはうなずき、ただちにそのツイートを削除した。

各地から届く救援物資の段ボール箱には、様々なメッセージがマジックインキで書かれている。

「大丈夫だ、東北。みんなついてるよ！」「名古屋より復興の祈りをこめて」「ミラクルTOHOKU、絆《きずな》、頑張るべな！」「Pray for TOHOKU」

中高生たちがそれらを箱から切り取り、体育館の壁のボードに貼り出していた。ボードには、避難所の住民たちが、行方不明の肉親の手がかりを求めるビラも交じっている。

「ぼくたちのおじいちゃん（永森《えいもり》節夫63才）とおばあちゃん（直子《なおこ》58才）を捜して下さい。おじいちゃんは襟にJAXAのバッジをつけています。おばあちゃんは青いビーズのネックレスをしています。永森直人《なおと》・朋也《ともや》」

四十前後の一組の男女が通りかかり、立ち止まってそのビラをじっと見つめていた。しばらくすると二人の小学生の男の子と共に再び現れ、背の高い男の子のほうにビラを剝がすように命じた。男の子は、どうして？　と問いたげな表情を浮かべる。

「おじいちゃんとおばあちゃん、見つかったんだよ」

男が言った。その顔の表情と言葉つきで二人の男の子は事態をのみ込んだようで、すぐ二人でビラを剝がすと、兄のほうがそれを丁寧に折りたたんでポケットにしまった。四人はすぐに立ち去った。

それから三十分ほどたって、兄弟が再びメッセージボードの前にやって来て、ぽっかり空いたままの同じスペースに新しいビラを貼って立ち去った。

「お知らせ
おじいちゃんとおばあちゃんが
見つかりました。
永森節夫　享年63歳
永森直子　享年58歳
ご協力、ありがとうございました。
永森直人
朋也」

とあった。

一部始終を目撃していた甲斐は、このことをかすみに話した。彼女は目を輝かせ、

「ナガモリさんね」

と言ってパイプ椅子から立ち上がった。

「あの子たち、利発で、ほんまにええ子たちやで。キャッチボールもうまい」

と甲斐はかすみの背中に向かって言った。

かすみは、校庭で自衛隊が簡易シャワールームを設営するのに立ち会っている岡をつかまえると、

「先生、ナガモリナオトくんのご両親ってどんな人ですか?」

と訊《たず》ねた。

「ナガモリではなくてエイモリさんというの。永森くんのお父さんは長くこの町で学習塾をやっている。お母さんはピアノ教室の先生。直人くんは六年生で、児童会会長、弟の朋也くんは四年生で、ちょっとやんちゃ。

……さっき、おじいさんとおばあさんの遺体が見つかったばかりです」

かすみはすぐに遺体が安置されている教室に向かった。そこに永森親子はいた。四人が二つの棺《ひつぎ》を囲んでひざまずいている。かすみは彼らのうしろに控えて、じっと手を合わせつづけた。

その後、かすみは永森夫妻と親しくなった。だが、言葉を多く交わすわけではない。


三月十六日は小学校の修了式と卒業式の予定だった。全校児童百八十三人のうち十八人が死亡、十一人が行方不明になっている。延期は止むを得ないとしても中止するわけにはいかない。岡は保護者と教育委員会に諮《はか》り、一週間ずらして三月二十三日に体育館の一部を使って行うことに決めた。

三月十六日の午後、甲斐とかすみは女子更衣室で永森夫妻と向き合っていた。

かすみは、修了式・卒業式の前に子供たちを東京へ連れて行ってやりたいのだが、と切り出した。子供たちのストレスは限界に達している。政府の救援対策は原発事故の対応に追われ、後手後手に回って歯がゆいばかりだ。仮設住宅の建設はどうなるのか、肝心喫緊《きっきん》の生活資金の給付もいつになるのか、まだ決まらない。このうえはもう私たち自身が動いて、街頭に出てこの悲惨な窮状を訴え、義捐金《ぎえんきん》を募るしかない。東京で被災地の人間が直接呼びかける効果は大きい。それが子供たちであればなおさらだ。子供たちによる街頭募金活動は、単に募金だけに目的が絞られるものでなく、お金に換算できないものを生む。子供には悲惨さを訴え、人を動かす力がある。被災地以外の人々を啓蒙し、国を動かすことさえできる。ひいては、それが子供たち自身を励まし、勇気づける。その教育効果は計り知れないものがある。子供たちが得るものは、人の善意が真心に直接触れる貴重な人生経験であり、神戸の場合がまさにそうだった。

……しかし、子供たちによる街頭募金活動には、危うさもつきまとう。子供を道具に使って、などと批判する向きもある。内密に事を運ぶ必要がある。

甲斐が代わってかすみの長広舌を引き継いだ。

「永森さんにこうしてご相談するのは、直人くんと朋也くんがじつに素晴しい少年だからです。僕は二人とはキャッチボール仲間ですし、ちょうどあの時、メッセージボード近くにいて、二人がビラを剝がして……」

かすみが口を挟んだ。

「そうです。直人くんと朋也くんのご兄弟に、東京での募金活動のリーダーになってもらいたいのです。岡先生にはまだ話しておりません。教育者というお立場や、この避難所の実質的な責任者というお立場を考えると、彼女に難しい判断を強いることになると慮《おもんぱか》ってのことです。費用のすべては、私たち神戸が負担いたします。派遣する子供たちは七人で構成したいと考えていて、それに私たち神戸の四人が責任を持って付き添います。七人のうち残る五人のメンバーの選定は、児童会会長の直人くんに一任したいと思います」

「七人《しちにん》の侍《さむらい》ですか」

と言ったあと、永森は思わず口を滑らせたとでもいうかのように苦笑いを浮かべた。

「いや、メンバー選びは直人一人ではうまく行かないでしょう。彼がちひろちゃんと相談すれば、何とかなるんじゃないか」

夫人は夫の言葉に大きくうなずいて、

「ちひろちゃんは一人っ子で、お母さんのご遺体はおととい見つかって、きのう茶毘に付されたのですが、お父さんはまだ行方不明のままです。ちひろちゃんは一滴の涙も流さないし、お母さんのお骨も抱こうとしないの。泣いたりお骨を抱いたりしたら、お母さんやお父さんの死を認めることになると思い込んでるみたいで。いつか、ちひろちゃんが現実と向き合って、心ゆくまで泣く日が来るんでしょうけど……。この子は五年生で、児童会の副会長です」

「ちひろちゃん自身は、東京へ行くでしょうか」

とかすみが訊ねた。

「さあ……」

ちひろは直人の呼びかけに無表情なままうなずいた。誰と誰がいいべ、と問うと、誰でもいいべ、と投げ遣《や》りな調子で答えた。遊び仲間でいいべか？ と直人は言って、名前を挙げていく。どうだべ？ いげすかね子、いる？ いね。

直人は六年生、智幸《ともゆき》とちひろが五年生、朋也と春菜《はるな》が四年生、海斗《かいと》三年生、日向子《ひなこ》二年生。こうして子供たちのメンバーが揃《そろ》った。前日、甲斐たちは、募金に必要な用具一式を車に積み込んだ。夜が明ける前、直人が六人をこっそり起こして回って、七人が揃うとワゴン車に乗り込み、出発した。子供たちには車内で学校名と学年の入った名札が配られ、彼らはそれを胸に付けた。

十六年前、東京で募金活動をした時、かすみたちのチームは即製、混成で、連繋《れんけい》も悪く、役割分担もしっかり決められていなかった。かすみはその時の失敗を思い返しながらマニュアルを作り、そのコピーを甲斐たちに配っておいた。

東北自動車道に入って、朝食のため立ち寄った長者原ＳＡのレストランのテーブルで、マニュアルをもとに、避難所ではやりにくかった入念な打ち合わせを行う。募金箱、募金パネル、幟、メガホン、チラシ、腕章などは神戸から持参したものを含めて準備は整っている。重要なのはバック・サポートだ。駐車場の確保から、集まった金の管理まで。募金箱が一杯になると、余り人目につかない場所で集計箱に詰めて保管しなければならない。一カ所で立つ時間は二時間から二時間半。その間、水の補給や子供たちの休憩が必要となる。一カ所が終わると、車中での集計作業がある。金種ごとに数えて合計額を出し、集計箱に入れる。四人は連繫しつつ、二役も三役もこなさなければならない。

出発した当座は、眠気と緊張とで沈みがちだった子供たちだが、郷里から遠ざかるにつれ、軛《くびき》から外れたように、自由で活発な動きを見せるようになった。

車中で呼びかけの練習をする。輪唱のように順番に呼びかけをして、最後のフレーズを全員で「ご協力よろしくお願いします！」、そして募金をしてもらうと、再び全員で「ありがとうございました」と声を張り上げる。だが、ちひろだけは窓の外ばかり見つめて、声の輪に加わらなかった。

午後二時過ぎ、本郷・菊坂の旅館に到着した。十六年前の募金隊の時にも利用した宿で、昔から修学旅行などによく使われる。二十人三十人が布団を敷いて一緒に寝られる部屋が、廊下の両側に並んでいる。

子供たちを宿に残して、大人四人は募金に立つ場所の下見に出かけた。予定しているのは、お茶の水橋たもと、新橋駅前ＳＬ広場、錦糸町駅前、新宿駅西口交番前、上野駅公園口、渋谷駅ハチ公前、神田駅西口の七カ所だ。これらも神戸の時と重なる。

子供たちは久しぶりに風呂に入り、夕食はみんな一緒に宿で摂《と》った。子供たちは甲斐のことをおじさんと呼んだ。かすみはかすみさん、亮は亮くん、マリはマリちゃんだ。十一人の雑魚寝《ざこね》だが、畳の上で布団に入って寝るのも久しぶりだ。

みな興奮して、なかなか寝付かない。いざ消灯となると、電気を消さないでと訴える。しかたなく灯りを半分に絞って、点《つ》けたまま寝ることにした。

海斗はドアを閉め切ることを極端に嫌がった。春菜はタオルを握りしめていないと眠れない。朋也は薄目を開けたままだ。日向子は敷居をまたぐことができない。敷居があると遠回りする。智幸はオネショをし、直人は歯ぎしりする。これらはみなあの日から始まった。静かに眠っているのはちひろ一人だ。

翌日、朝八時、彼らはお茶の水橋のたもとに立った。募金箱を肩から下げた被災地の子供たちが直接、道行く人々に呼びかける。最初は小さかった声も、だんだんと大きくなっていく。直人と弟の朋也が声を張り上げて、みんなをリードした。ちひろは全く声を出さないが、それを咎《とが》める者はいない。

亮は幟を立て、パネルを掲げ、マリはチラシを配る。甲斐とかすみは交代でメガホンを握って、被災地の窮状を説明し、支援を訴える。子供たちは復興のため、郷里のためと思って、いっそう声を張り上げた。人々は胸を打たれ、子供たちに励ましの言葉を掛けて行く。またたくまに募金箱は一杯になった。

マクドナルドで昼食ののち、午後は新橋駅に移動した。

夕方、活動を終えて、子供たちは元気に車に乗り込んだ。宿の前に着くと、彼らはくっつき合って駆け出し、手を握り合って玄関にとび込んだ。亮とマリは、子供たちと変わらない高揚感に囚《とら》われている。

消灯時、やはりなかなか寝付けない。声を潜めておしゃべりをつづける。自分たちが避難所ではなく、東京にいることがなかなか信じられないのだが、その信じられない状況の中にいる喜びを、何とか言葉にしようとしているのだ。

「先生に、立つな！　と言われた時、なしてと思うたけどな。トイレさ行った時、こっそり窓の外を覗いたんだ……」

「何も無ぐなってしまったァ」

「空でよ、鳥っこがいっぺえ鳴いでだなァ」

「でっけえいも虫みでにモコモコと迫ってきたな。二匹でよ。ひとづは黒で、ひとづは青がったべ。それも新幹線より速がったさァ」

「新幹線より速ぐはねがったべ」

「いんや、新幹線並みだ。高さは五十メートルはあった」

「うん、五十メートルはあったべなァ」

「みんな、もうええがら！」

直人が押し殺した声を出した。

ちひろがそっと布団を抜け出して、カーテンを引いた窓の前にしばらく立っていたが、また戻って布団にもぐり込んだ。

「石巻には、石原軍団が炊き出しに来てっとてさ」

智幸の声だ。

「ほんとがァ。おれだぢのどごさ来ねえがなァ」

「朋也、いいかげんにしろよ」

直人が言った。

翌日、子供たちは小鳥の群のように飛び立って、錦糸町駅前と新宿駅西口交番前に立った。

「自分の声がみんなの声に混ざると、気持いいもんだなァ」

と智幸が言った。

新宿駅西口で募金活動中、交番の警官が二人やって来て、丁寧な言葉遣いで、許可を取っているかと尋ねた。かすみは準備してきた東京都公安委員会が定めた「東京都道路交通規則」のコピーを示して、自分たちの義捐金活動は、特に道路使用許可の必要はないと考えていますが、と応じる。二人の警官は「分かりました」と言って、それぞれ千円を募金箱に投入すると、敬礼して交番に戻って行った。

「ありがとうございました！」

ひときわ元気な声が響き渡った。

一人の中年女性が、

「ちひろちゃん、ちひろちゃんでしょ！」

と駆け寄った。

「よかったわ、無事で。偉いのねえ。お父さん、お母さんはご無事？」

しかし、ちひろは、相手をまるで知らないかのように何の反応も示さない。

「おばさんよ、ほら、赤堤の。お母さんと音大時代の友だちだった。去年、仙台でお目にかかったわよね、お母さんと一緒に」

ちひろは俯《うつむ》いたきりだ。女性は目を潤ませ、ふり返りふり返り立ち去った。

夜は宿近くの回転ずしに繰り出した。満腹になっての帰り道、直人が甲斐の手を取り、もたれかかるようにして、

「おじさんとかすみさんは結婚してるの？」

と訊《き》いた。

「夫婦じゃないよ」

「じゃあ、かすみさんは恋人なの？」

「違うよ。強いていえば同志かな」

「同志って？」

「こころざしという字と意味、知ってるよね」

「うん」

「志を同じくする、同志」

「ふーん。じゃあ、ぼくたちも同志だね」

甲斐は何も答えなかった。

その夜、智幸がちひろに向かって、

「ちひろ、なして何も言わねえんだ。声帯さなくしたのか」

ちひろは、いきなり智幸にとびかかって突きとばした。智幸は畳に尻餅をつく。起き上がると、ちひろの髪を摑んで引き倒した。直人が、やめれ、と叫んで智幸の腰にタックルして投げとばす。仰向けに転がった智幸は、大声で泣きながら直人に向かって行く。亮が二人を引き離した。

真夜中、突然、ちひろの声が響いた。

「お父さん、なんで下りて行ったのさァ！　お母さん、なんで下りて行ったのさァ！」

瞑《つむ》った目から涙が溢《あふ》れている。かすみがそばに行って、ちひろちゃん、ちひろちゃん、と呼びかけると、目を大きく見開き、いきなりかすみの胸にすがりついた。

募金活動三日目、渋谷駅ハチ公前と神田駅西口に立った。夕食は、亮とマリが子供たちを水道橋のシャブシャブ食べ放題の店に連れて行き、甲斐とかすみは宿に残って、遅くまで金の集計に没頭した。

その夜、朋也と海斗が布団の上で相撲を取って、朋也が腕を挫《くじ》いた。宿の主人が近くの整骨院に連れて行ってくれた。幸い骨折はしていなかったが、朋也は右腕を繃帯《ほうたい》で吊《つ》らなければならなくなった。

「朋也はぎっちょだからよかったな。箸、持てねとこだったでねえか」

兄の直人にからかわれた。

最終日は上野駅公園口である。十一時に切り上げると、歩いて浅草《あさくさ》に赴き浅草寺《せんそうじ》にお参りして、仲見世でおみやげを買い、帰路に就いた。佐野SAで佐野らーめんの夕食を摂った後、一路北上する。子供たちはリュックを抱えて、ぐっすり眠っている。


修了式・卒業式が無事終わって、体育館の片隅に段ボールの空箱をいくつも並べて、保護者と教職員のささやかな慰労・懇親会が開かれた。その席で、一部の児童が東京で募金活動を行ったことが保護者の話題にのぼった。子供たちの規律は保たれていて、帰ってからも、彼らは東京での体験を吹聴したり自慢したりするようなことはなかったが、彼らが友だちに買ったおみやげの配分に与《あずか》れなかった子供たちがいたことから、不穏な空気が漂い始めた。募金って、地元の被災者に配られるのか、それとも……。親たちの間でも噂《うわさ》になっていて、それが懇親会の席で大っぴらになった。

永森夫妻も出席していたが、ほとんど発言しなかった。学校側の見解を問われて、岡校長は冷静な口調で、おおよそ次のように述べた。

――私たちはボランティアの方々を信じている。神戸のＮＰＯのメンバー四人は、いの一番に駆け付けてくれ、実際、どのボランティアよりも献身的に働いてくれている。避難所生活はまだまだ続くわけだし、互いに信頼し合ってやって行かなければならない。今回の子供たちの募金活動は、私たち被災者に何の被害も及ぼしていない。

岡は、子供たちの東京行きを事前に承知していたかどうかについては、明言を避けた。出席者は一応、岡の説明に納得して、話題は他のもっと切実な問題へと移って行った。

甲斐は、流されて駅のプラットフォームに乗り上げた漁船の解体作業に、七、八人の仲間と取り組んでいた。腕を繃帯で吊った朋也が友だち連れでやって来て、見物している。繃帯は汚れて、すっかり黒ずんでいた。

「ここは駅さあったとこだなァ」

と朋也が友だちに語りかける。

「そだなァ」

「駅も何もなぐなってしまったァ。代わりに船こ、やって来たなァ」

「朋也、危ないから離れてろ！」

甲斐は呼びかけた。

「ねえ、おじさん、次、いつ行ぐの？　今度行ぐとき、この子連れてっていい？　ハラダコウヘイていうんだけど、ずっと連れてってほしいと言ってる。一生懸命やるからって。ねえ、おじさん、連れてってやっておくれよ」

甲斐は曖昧《あいまい》にうなずいたが、熱意を込めて彼を見つめるハラダ少年の目をまともに見られない。

彼の心は、揺らぎ始めていた。

慰労・懇親会の席で表明された、東京での募金活動に対する保護者の疑念は、疑念のまま残った。問題は、「ヘルピング・ハンド」のほうから、いまだに集めた金についての具体的な報告がないことだ。

最も強い疑惑に囚われているのは、東京へ出かけた子供たちの保護者だった。特に永森夫妻の苦悩は深かった。いっぽう、子供たちは以前にも増して神戸の四人を慕って、無邪気そのものだ。永森を含めた親たちは、自分たちの疑いを子供たちに知られないように振る舞わなければならなかった。彼らは再度、岡校長の見解を質《ただ》すことにした。

岡もまた、何の相談もなく子供たちを東京に連れ出したことや、群かすみの態度が急によそよそしくなったことなどから、彼女に対する不信を募らせていたところだった。なるべく早く、率直にこの問題についてNPO側と話し合わなければならないと考えていた。だが、子供たちの信頼を傷つけないようにするには、どうしたらよいのか。

　この話し合いには、岡の要請で町会議員の村上が加わることになった。その夜、女子更衣室に集まったのは、岡、村上、永森夫妻を含む上京組の保護者四人、そしてかすみと甲斐である。ドアには中から鍵が掛けられた。

　疑惑を抱いてはいても、岡と保護者たちの、神戸の四人に対する感謝の念に変わりはない。糾弾するような調子は微塵《みじん》もない。町議の村上が冷静に議論をリードした。彼の話は簡潔だった。
(1)　募金を実施した時と場所、場所ごとの募金額。
(2)　子供たちの役割。
(3)　募金活動全体の収支。
(4)　募金の寄附先。町へ直接か、赤十字へか。
(5)　募金活動は続けるつもりなのか。
　かすみの頰の雀斑が、ほんのりとピンクに染まるのを甲斐は認めた。彼女は落ち着いた口調ですらすらと答える。悪びれたようすも戸惑いもなく、時々笑みさえ浮かべていた。

「会計担当の私から、ご報告させていただきます。およその計算処理は終わっていて、お金は現在、私たちＮＰＯの銀行口座に預けてあります。これは安全のため、東京で入金致しました。収支については現在作成中で、今夜中に仕上げ、明日、通帳もまとめてお渡しできるでしょう。その他のご要望の詳細もその時に。お金は町長に直接お渡しするつもりでした。金額はまだはっきり申せませんが、もちろん実費を差し引いた全額です。遅れて誠に申し訳ありません」

岡と永森夫妻はほっとしたようすで、頭を下げた。

「明日ですな、時間は？」

と村上が念を押すように言った。この談判の間だけ、彼は行方不明の妻と二人の娘のことを忘れることができた。

「はい。明日、ここで。午前十時に」

とかすみは答えた。


直人たちは、遅くまで校庭の端にあるブランコの周りにたむろしていた。頭上の空では無数の星が顫《ふる》えている。遠くに、静かに凪《な》いだ海が見えた。風は冷たかった。避難所生活が始まって、彼らは夜のブランコの楽しさを発見した。もちろんそれは、昔も今も禁じられているのだが、先生たちに大目に見られている。

東京に行った子も行かなかった子もいた。朋也はもう繃帯を外していた。

「コウヘイの父さんは、まだ遠洋から帰《け》ってこねだな」

と直人が言った。康平《こうへい》の父は、マグロ漁船に乗って南アフリカの沖にいた。

「あの海のうんと向こうだべー」

と智幸が指さした。

「もすぐ帰って来《く》っぺー」

ちひろはブランコを大きく漕《こ》いでいた。

「ちひろ、そんなに漕ぐでねぇ。危ねど」

子供たちがいっせいに声を上げる。ちひろはかまわず漕ぎつづけ、一層高く舞い上がって行く。みんなは黙ってちひろを見守った。

突然、ちひろは漕ぐのを止め、振幅が小さくなったブランコの上から、

「見て、電車よ！」

と右方向を指さした。みんなが視線を送った先、イイモリ山の陰から気動車《ディーゼルカー》が現れた。誰もが固唾《かたず》を呑んだ。

「んだんだ、いづのまに復旧すたんだべやー。ゆっくりど走ってっこだー。あれ、キハ48形『風っこ』だな」

直人が喜びの声を上げた。

「ほれ、見ろ、人乗ってっと！」

三両編成のどの車室にも灯《とも》りが点り、ガラス窓はきっちり下ろされているものの、乗客たちの姿はよく見えた。

「あれぇー、あれはカナとケンジでねえか」

「ほんとだ。ほれ、あっちさ窓にテッペイとトシ子もいるべ。生きとったんだなァ」

「朋也、じいちゃん、ばあちゃんも乗っててんでねぇが？」

直人が朋也にささやいた。

「わがらね。おーい、窓さ開げで、こっつさ見でけろー！」

と朋也が左腕を高く振り上げた。

しかし、声が届かないのか、乗客はみんな窓を開けようともこちらを見ようともしないで、自分たちだけで会話を楽しんでいる。

「おーい、どこさ行ぐー！　もうどこにも駅はねえぞ！」

智幸が腕を振り回した。

「おらたちのまちに向かうんじゃねえのか、どこさ行ぐんだァ」

気動車はゆっくりと北の方へ移動して行く。子供たちは歌を歌いたくなるのを我慢して、おーいおーいと手を振りつづけた。

「ちひろ」

と直人がブランコの上のちひろに呼びかけた。

「おめのお父さん、お母さん、乗ってだか？」

早朝、ちひろは、体育館のブルーシートの上で目覚め、半身を起こして、

「乗ってなかった」

と力なくつぶやいた。


女子更衣室の豆電球の乏しい灯りの下で、かすみと甲斐が向かい合っている。亮とマリは、他のボランティア仲間と、四、五日前にどこからともなく現れた屋台のラーメン屋へ出かけて一杯やっている。

「住民の中には疑っている大人がいるけど、子供たちは全く疑ってない。おれたちが今夜消えたら、永森さんたちは子供にどう説明する？　火事場泥棒やろ」

「今さら何言うてんねん。これまでの経費の全額とガソリン代差し引いて渡そう言うのん？　一週間、東京にいただけで、いくらかかったか知ってるの？　私ら、もう神戸には戻れんのよ。背水の陣で来たんやわ。海外で暮らして、ほとぼりさめた頃、戻って来る。その頃にはもうこのまちなんかとっくに復興しとる。政府の復興予算で、もとの町並みか、それ以上になってるかもしれん。神戸の町かて、そうなったやん。世間を欺くには世間と同じ顔つきせんならん、いう名言があるわ。ここまでは、うまいこと同じ顔

つきしてきたんやから、あと一息や」

「子供たち、また行きたがってるで。あの子らが、街頭で声張り上げてた姿が忘れられん。お前、何とも思わへんのか、あの姿。お前の胸にすがりついたちひろちゃんのこと、思い出したらどうや」

「子供たちがずっと知らなんだら、何が問題になるん？　うちらのこと、親たちは絶対子供に言わへんよ。この機会逃したら、もうおしまいや。うちらにはもう先がない。ここで心を鬼にせな」

「おれはたとえホームレスになっても、これはできんわ」

「あほらしい。何をセンチメンタルなことを」

かすみの意図するところは、最初から察していた。その上で、二人で力を合わせて大金を手に入れる算段をし、それが今「あと一息」のところまで来ている。甲斐は黙り込むしかなかった。かすみに急《せ》かされ、とりあえず仕度に取りかかる。厳重に封をした三個の集計箱を車に積み込む。

午前四時、亮とマリを揺り起こして、すぐ出発だと告げる。若い二人は訳も分からず、寝呆《ねぼ》けまなこをこすりながら車に乗り込む。

甲斐がハンドルを握る。二週間前に走った国道343号を反対に進んで、五時半に一関ICから東北自動車道に入って南下する。甲斐とかすみは全く口をきかないまま走りつづける。亮とマリは、突然の撤退が納得できないまま、車の揺れに身を委《まか》せている。二人は、甲斐とかすみの厳しい表情を恐れて、疑問を口にすることができず、やがて睡魔に襲われた。

福島で夜が明けた。一関から二時間余り走った。甲斐は、前方に安積《あさか》PAの表示を見つけると、走行車線を中央から左車線に変え、やがてハンドルを切って安積PAに入って車を停めた。

「休憩や。コーヒーが飲みたい。トイレは？」

かすみは首を振る。後部座席の二人は眠ったままだ。

甲斐は車を降り、やがて紙コップのホットコーヒーを四つ、危なっかしげに持って戻って来ると、一つをかすみに差し出す。うしろの二人は、左右の窓にそれぞれの頭をもたせかけたまま目を覚まさない。

甲斐とかすみの間で、出発前の議論が、押し殺した声で蒸し返される。

「やっぱりおれは一人でも引き返す。いまなら約束の十時に間に合う。いやなら置いてく」

長い沈黙がつづいた。コーヒーを持つかすみの手が怒りに震えた。

甲斐は車をスタートさせる。十数分で須賀川《すかがわ》ICが近づく。甲斐は須賀川で上り路線からいったん一般道路に下り、Uターンして下り路線に入って、一関へ向かって走り始める。彼は時間を見て、七時四十分か、間に合うな、とつぶやいた。

かすみは、空の紙コップを右手で握りつぶしていた。

二十分後、二本松ICを通過した。その直後、前方の渋滞を見て減速したワゴン車に、背後から高速バスが追突し、その衝撃でワゴン車は防音壁に衝突して大破した。前部座席の甲斐とかすみは即死、後部座席の亮とマリは重傷を負った。高速バスは制限速度を二十キロオーバーする時速百二十キロを出しており、事故後に逮捕されたバスの運転手は、睡眠時無呼吸症候群（ＳＡＳ）を患っていたことが判明した。

いかなる因果にて

二〇一六年十一月三十日付の朝日新聞デジタル版は、「ゴミを繰り返し送りつけて嫌がらせをしたとして、警視庁は、東京都武蔵野市の無職三浦重太《みうらしげた》容疑者（40）を都迷惑防止条例（つきまとい行為等の禁止）違反の疑いで逮捕した」と報じた。

この男は小中学校時代、「ボーイスカウトに入っていた頃、いじめにあい、恨みがあった」と容疑を認めた。彼は、一五年八月から一六年の十月頃まで、東京都三鷹《みたか》市の大学講師（40歳）を差出人にした封筒に、腐った茶殻や女性の下着を入れ、切手を貼《は》らずに不特定多数の会社などに計七十回以上も送り続けた。

いじめの事実関係はともかく、不特定多数の会社あてというのはかなり変である。なぜ縁もゆかりもない会社あてなのか。また少年時代のボーイスカウト仲間三人にもゴミを送り、総数は計五百通以上にのぼるというが、こちらは因果関係があるのか。被害妄想の可能性もあるが、いずれにせよ五百通以上というのは常軌を逸している。

私は、この三浦という容疑者に特別な関心を抱いたわけではない。このニュースに接して、一昨年《おととし》の六月に最高裁で上告を棄却され、死刑判決が確定したある殺人犯について調べたことがあるのを思い出したのである。その事件は「元厚生事務次官宅連続襲撃事件」と呼ばれるもので、二〇〇八年十一月に発生した。

二〇〇八年十一月十七日と十八日に、元厚生省（現厚生労働省）事務次官の自宅が襲撃される事件が発生し、二人が死亡、一人が重傷を負った。

二〇〇八年十一月十七日夕方、さいたま市南区別所《べっしょ》の山口剛彦《やまぐちたけひこ》宅襲撃事件が起こった。山口と妻が刺され、死亡。翌十一月十八日夕方、中野区上鷺宮《かみさぎのみや》の吉原健二《よしはらけんじ》宅が襲撃されて、吉原の妻が刺されて重傷を負う。吉原本人は外出中で難を逃れた。

最初の事件から五日後の十一月二十二日に、実行犯の男が警視庁に出頭し、犯行を自供した。マスコミは、この事件を大きく取り上げ、二〇〇七年に年金記録問題が発覚するなど政府の年金行政に対して国民は不信の念を抱いていた、また襲われた二人の元厚生事務次官が、一九八五年の年金大改正において年金局長（吉原）、年金課長（山口）として携わっていたことから「年金テロ」であるとして、大きく報道した。

しかし、被告小泉毅《こいずみたけし》（46）は警視庁への出頭直前に、「今回の決起は年金テロではなく、三十四年前に保健所に飼犬を殺された仇討《あだう》ちである」旨のEメールを新聞社、テレビ局などマスコミに送りつけていた。被告の押収品からは、氷川《ひかわ》神社の守り札に入れた犬の毛とみられる古い体毛もみつかっている。

二〇〇九年十一月にさいたま地裁で初公判が開かれた。公判では、被告は起訴事実を大筋認めた上で、殺害した相手の厚生省の幹部はマモノであり、殺害することは正当である、と無罪を主張した。

男は、自分の犬が厚生省の管轄である保健所によって殺された仇《かたき》を討ったというが、取調べの際、取調官が保健所の所管は厚生労働省ではないと指摘すると、被告は「えっ」と絶句したと報じられている（讀賣新聞二〇〇八年十一月二十七日付朝刊）。

現在、ペットの処分を規定する動物愛護管理法を所管するのは環境省で、狂犬病予防法を所管するのは厚生労働省（旧厚生省）だが、犬や猫の処分は都道府県や政令指定都市などの地方自治体が運営する保健所の判断に委ねられている。しかし、被告人が十二歳だった一九七四年は、旧厚生省が、狂犬病予防法に基づいて、野良犬を殺処分するよう、地方自治体に通知していたのだから、男が究極の責任は旧厚生省の幹部にあると思い込んだのも無理はない。

二〇一〇年三月三十日、さいたま地裁第一審判決公判で、求刑通り死刑が言い渡された。被告人は判決を不服として即日控訴。二〇一一年十二月二十六日、東京高裁は死刑判決を支持し、控訴棄却。被告人は再び判決を不服として上告する。二〇一四年六月、最高裁第二小法廷は一審、二審を支持して上告棄却。これにより被告人の死刑が確定した。

被告人が三十四年前、十二歳の時に、保健所に飼犬を殺されたと述べたところが強く印象に残る事件で、少年時代に受けたいじめの意趣返しに二十年以上たってからゴミを送り続けるという先日の出来事から、私がこの事件を連想したのは二つの理由からだ。一つは、かなりの時間が経過してから復讐《ふくしゅう》を企てていること。二つは、加害者、被害者の因果関係がストレートにつながらないこと。

この二点が共通している。

いじめを受けた腹いせに不特定多数の会社にゴミや下着を送るとか、愛犬を殺害した保健所への怨《うら》みを退職した厚生官僚に向け、夫婦共々殺害しようとするなど、いずれも理不尽極まりないし、全く訳の分からない筋道の立て方である。

最高裁判決の前年の二〇一三年三月、小泉はインタビューに答えて、

「自分がマモノを殺したのは、あくまでチロちゃんの仇討ちのためです。しかし、日本では他にも何の罪もない犬や猫が毎日大量に保健所で虐殺されています。自分はそんな犬や猫たちの代弁者となって、この国のペット虐殺行政を批判するため、死刑になることを承知のうえで自首し、裁判で無罪を主張したのです」

と述べているが、これはいわば私怨《しえん》を公憤にすり替えた、あと付けの言説ではないか。事件の時点から三十四年前に起きた出来事を理由に、その出来事と何の関係もない人物を、夫人まで巻き添えにして殺害しようとするのはとても正気の沙汰とは思えないし、実際に専門鑑定医による精神鑑定が行われている。

この鑑定を行った精神鑑定医に対して、小泉被告自身が一時間近くに及ぶ証人尋問を

しており、その中で医師に対する不信の念を表明しつづけているものの、「鑑定主文で『自分は正常』と言っているのは正しいです」とも述べている。

正常だから責任能力があるとされ、死刑判決が下されたわけだが、ではこの小泉毅という人物は、この事件を起こすまでどんな人生を歩んで来たのか。

小泉毅は昭和三十七年（一九六二）に山口県柳井《やない》市に生まれた。幼稚園、小・中・高校と柳井市で過ごし、佐賀大学理工学部に進み、電子工学を専攻した。中退して上京、東京のコンピューター関連会社に就職するも二、三年で退職、帰郷。家業のアイスクリーム卸業を継ぐため、取引先の広島の大手食品卸売会社に勤務するが数年で退社して、一九九八年頃再び上京、さいたま市北区の現在のアパートに住み、都内のコンピューター関連会社で働き始めた。以後十年間、実家とは音信不通のままで、父親は年に数回の割で電話をしたが一度も出なかった。留守電に伝言を残しても反応はなく、母親の手紙にも、なしのつぶてだった。

二〇〇六年に都内のコンピューター関連会社を辞めたことについて、「襲撃を実現するため一千万円の準備ができたので、計画に着手した」と取り調べでは語り、その頃より襲撃に使う刃物の収集を始めたことや、事件の同年六月の秋葉原無差別殺傷事件で、殺傷能力の高いダガーナイフが使われていたことを知ると、すぐに同じ両刃のナイフを購入したことも打ち明けている。

飼犬チロが野犬狩りに捕まり、殺処分されるという事件が起きたのは一九七四年四月のことで、小泉は十二歳だった。

二〇〇八年十一月、彼は警視庁に出頭する当日の二十二日夕、「手紙が明日届くから見てくれ」と父親に電話をした。手紙は二十三日夕、配達された。手紙には、二人の元厚生事務次官宅連続襲撃事件を実行したと認め、「一九七四年四月にチロが殺された敵《かたき》を討った」と綴られていた。

少年時代の彼を知る友人らは、「明るく、クラスの人気者だった」と述べ、中学時代の友人も、「よく冗談を言って周囲を笑わせるいいやつだったのに」と訝《いぶか》る。数学や理科が得意で、分からないところを訊《き》くと、いつも分かりやすく教えてくれた。

新聞報道によれば、父親や妹は、小学生の頃、飼犬が保健所で殺処分され、落胆したことがあったが、それほど引きずっているようすはなかった、と話している。親しかった中学の同窓生らも、そんな話は彼から聞いたことがない、と声を揃《そろ》える。

しかし、一審で主任弁護人と、法廷上、被告との間で次のようなやりとりがあった。

「その時のことを話して下さい」

小泉はいきなり嗚咽《おえつ》する。

「……一九七四年四月五日の金曜日のことはきのうのように……」

と言って絶句し、右手で頰をたたき、さらに左手で頰を二度たたいた。

「どうしたのですか？」

と訊くと答えない。しばらくして、

「散歩していて、チロの綱を放した時、連れて行かれた」

またも右手で頰をたたく。頰が濡《ぬ》れている。

「それは涙では？」

小泉は問われて、しどろもどろになりながら声を押し出す。

「月曜日、岩国《いわくに》の保健所へ行ったら、もう殺されていたんだ」

「その時のことをもう少し話して下さい」

小泉は首を振って、

「記憶がない、何もない」

「では、その後は？」

「薄暗い部屋の中で、おれは泣いている」

「その次は？」

「段ボールでこさえたチロの小屋からチロの毛を集めた。……絶対許さない。許さない、絶対仇を取ってやると誓った」

一九七四年四月五日から三十四年間、小泉毅は愛犬チロの死について、誰にも、ひと言も話さなかった。

さいたま地裁における第一審裁判の中で、彼が書いたとされる手記が公開された。


私の事件の記事を起訴後、初めて読んでガク然とした。それは、記事の内容の半分はデマ（うそ）だったからだ。私が供述（話）していない事が多数、本人供述として記事になっている。警察がここまで悪意のあるデマをマスコミに流すとは想像していなかった。その中でも一番許せなかった事は、次の通りである。

私の供述によると、チロが保健所で虐殺されたのは、父親が保健所に処分を依頼した為と書いてあるが、これは全くのデマである。

チロは妹が散歩中に犬捕り（野犬狩り）に捕られたのだ！　それで俺と親父は直《す》ぐに保健所へチロを迎えに行った。保健所には女の事ム員がいて、にこやかな顔で、〃柳井で捕まえた犬は岩国へ連れて行くからここにはいない。犬は一週間は殺さない。今日は金曜日なので、月曜日に岩国へ迎えに行くように〃と言った。それで、親父が、多分、月曜日に岩国へ迎えに行ったが、チロは既に虐殺されていたのだ！

チロは首輪をしていたんだぞ!!!　しかも、狂犬病の予防注射をした証《あかし》のプレートなどを首輪に付けていたのに！　なぜ、犬捕りはチロを捕まえた！　なぜ、保健所は予防注射をしたチロを殺した！　絶対に許さない!!!

俺は、厚生省（厚労省）の官僚どもを死んでも絶対に許さん!!!　死して屍《しかばね》が朽ち果てようとも絶対に許さん!!!

最後に、チロは茶色い犬ではない！　真っ白い犬だ!!!

二〇〇九年十一月二十五日

小泉　毅

この手記と、法廷上で主任弁護士に彼が話した内容には重要な食い違いがあるが、それはさておき、私はこういったことを調べ、知る過程で、この殺人犯に対する見方が変わってきた。小泉が犯した罪は罰せられなくてはならないし、死刑判決は当然だろう。本人も覚悟の上の犯行だから、裁判の過程と判決に異を唱える気は毛頭ない。しかし、正直言うと、私はこの手記の文章に動かされるところがあったのである。

子供の頃、観《み》たことのある田坂具隆《たさかともたか》監督の映画「はだかっ子」の冒頭近く、病身の少年が飼っている犬を保健所の所員が捕獲するシーンがあった。連れ去られる愛犬を泣きながら見送る少年に代わって、主人公の少年が追いかけ、男に必死に犬を放してくれるよう懇願するが聞いてくれない。少年が男の腕に激しく噛《か》み付くと、男は思わず綱を放す。犬は一目散に茶畑の中の小径を逃げ去る。男の腕には「犬捕獲人　25号　埼玉県」と入った腕章が巻かれていた。

「はだかっ子」は昭和三十六年（一九六一）の作品だが、私が子供心に記憶しているあの時代は、都会でも私が育ったような田舎町でも、現在よりはるかに猛々《たけだけ》しく剣呑《けんのん》で殺伐とした雰囲気が漂っていたように思う。

殺人事件発生数は、昭和三十年（一九五五）で三〇六六件、昭和五十五年（一九八〇）は一六八四件と二十五年間で約一四〇〇件減少している。特に二十代後半の若者の検挙者数は七五三人から二四八人へと三分の一に急激に減少した。十代でも同様である（『日本の犯罪学7―1978‐95　I　原因』東京大学出版会、一九九八年）。一九八〇年以降の数字には大きな変化はないから、昭和三十年代は現在の二～三倍の殺人事件が起き、残虐な少年犯罪も多かったことになる。

「はだかっ子」は、当時の少年少女たちを生き生きと描いた佳作だが、社会に漲《みなぎ》る殺伐とした空気もよく捉えていた。小泉毅が少年時代を送ったのはもう少しあとだが、ようすはあまり違わなかったと思う。

二〇〇五年に作られて大ヒットした「ALWAYS　三丁目の夕日」は、「はだかっ子」とほぼ同じ時代の東京の下町を舞台にしているが、まるで作品の肌合いが違う。あの時代にあった毒気は完全に抜き去られ、口当りのいい、ノスタルジーを掻き立てようという作意ばかりが目につく。登場人物の周囲に一頭の野良犬が現れるが、野犬狩り・犬捕りの影はどこにも出てこない。消去されているのだ。二つの映画の間にある落差は大きい。

実際、あの当時は、町や村のあちこちに犬捕りが出没して、子供たちの脅威の的だった。犬捕りは頑丈な、運搬用の大型自転車に乗っていて、荷台には捕獲した犬を数頭入れることのできる木箱が備え付けてあった。彼が手にした棒の先には針金の輪っかが付いていて、それで目にも止まらぬ素早さで犬の首を引っかけるのである。地域によってまちまちだが、私の郷里では、捕獲された犬は、中三日おいて飼主が引き取りに来なかったら殺処分された。愛犬チロが殺処分されたことが分かった時、少年の小泉が受けた衝撃の大きさは充分想像できる。

じつは私自身にも経験がある。事が起きた日、弟は一晩中泣きつづけた。犬の名はメリーと言った。翌日、父と私たち兄弟は保健所に出かけ、何とかメリーの命を救うことができた。

小泉の手のひらを舐《な》める犬の舌の感触や、跳び付いて来る犬の弾力のある筋肉の動きなどの生々しい記憶が、彼をどこまでも苦しめたに違いない。

少年は、彼を突き動かす現実の力に対して無力である。そして、哀れなことに犬はさらに無力である。このような出来事の無惨さ、残酷さが、彼に何か人に伝えられない決定的な影響を及ぼしたのだろう。だから、彼は親にも友達にも何も語らなかった。愛するものを一方的な暴力で殺害されるという体験は、その後、癒されることがないかもしれない。もちろん、彼が大人になってから家族や社会から疎外されて、うまくいかない人生を送る破目になったその遠因をこの事件に求め、四十六歳になってから引き起こした殺人事件を、正当化することなどできる訳がないのは先述したとおりである。私は男の手記を読んで、抗《あらが》いようがないやりかたで少年に襲いかかった現実・外的な力の恐ろしさに思い至り、息を呑んで立ち竦《すく》んだのである。

多くの人の場合、少年時に見舞われた不幸に大きな影響を受けたとしても、その後の人生で次第にその痛みを忘れ、新しい生き方を模索して行くだろうが、三十四年後までルサンチマンに取り憑《つ》かれ、殺傷行為にまで及んだというのがこの事件と被告の特異さである。仕出かした事の脈絡のなさ、余りの飛躍ぶりに彼のインテリジェンスが疑われてもおかしくはない。

†

二十年前にさかのぼる。一九九六年は阪神・淡路大震災のあった翌年で、私は当時、小田急線鶴巻温泉駅近くにある大学の文芸学科で教鞭《きょうべん》を執っていた。私の好みは蕪村だが、その頃、ゼミでは学生と芭蕉の紀行文を読んでいた。『野ざらし紀行』『笈《おい》の小文』『奥の細道』などだが、その年の夏、私は郷里である和歌山県田辺市に帰省した。田辺市の実家には、田辺市役所に勤めている弟がいる。父を早く亡くして、母は弟夫婦のもとで暮らしていたが、三年前脳梗塞で倒れ、右半身が不自由になった。共稼ぎの弟夫婦による自宅介護が難しく、有料老人ホームに入ることになって、その手続きのために帰ったのである。ついでに伯父の法事もあって、顔を出した。その席で、従兄から次のような話を聞いた。

——北新町《きたしんまち》にある芝原《しばはら》内科医院は長男が跡を継いで、田辺第二小学校と東陽中学の校医もしておって、評判がええ。あんた、その弟を知っとるやろ。あれは途中で和歌山の中学校に転校して、高校も桐蔭やが、なぜか大学に行かんかったという。大阪の歯科技工士の専門学校入って、神戸で仕事しとったらしい。ずっと独身での。それが去年の震災で亡くなって、その遺骨を兄の医者が受け取りに行って、葬儀は田辺で出した、——という噂《うわさ》話である。

小泉毅が引き起こした事件と直接のつながりはないのだが、いまから半世紀近く前に、私が経験した出来事を記しておきたい。正確に言うと、私自身の経験ではなくて、同じクラスだった少年の身の上に起こった凶事《まがごと》なのだが――。

私が通っていた田辺市立東陽中学校の同学年に芝原という医者の息子がいた。私たちはクラスが違っていたが、同じ路線バスで通学していて、互いの顔は入学時から見知っていた。中学一年次の運動会の徒競走で、彼も私もビリかビリに近い順位だったが、たまたま隣り合わせの列に並び、口をきいたのが彼と友達付き合いを始めるきっかけだったと思う。といっても、それほど親しかったわけではないのだが、たしか一度、中学二年次の学校の帰り、彼が我が家に立ち寄ったことがあった。その時、我が家の裏山に二人で登り、散りかけている山桜を見て回ったが、その山の端に高さ三十メートルくらいの切り立った崖があった。二人でこわごわ下方を覗き込んでいた時、芝原くんが、

「もし落下傘つけて、こっから飛び降りたら無事着地するやろか」

と妙なことを言い出した。

「岩の上から前に飛び出すと同時に、パラシュートの紐《ひも》を引いたら間に合うんやないか」

と適当な返事をすると、

「飛び出したとたんに紐引いても、パラシュートが開くまで数秒かかるやろ。間に合わんのと違う、この高さでは」

と芝原くんは言って、再び崖の下方を見下ろした。

彼は生真面目《きまじめ》で控え目、おとなしく、人見知りする性格だったが、何気ないやりとりの中で、時折固い意志のようなものを感じさせることがあり、その時も自分のほうが正しいと確信している気配を感じて、この話はそれっきりになったが、なぜか今でもこのことをよく覚えている。

もう一つ。この日の夕暮れ、山から下りて来て、私の母がフライパンで揚げたドーナツを茶の間で二人でつまんで彼は帰宅したのだが、その時、彼が何だかまずそうにドーナツを食べていたのを私は記憶している。ドーナツに限らず、彼はたいていのものをおいしそうに食べなかったんじゃないかという気もするが。

その年の秋だったか、私も一度彼の自宅、芝原医院に寄ったことがあった。彼の子供部屋にはいろんなジャンルの本がきちんと整理して並べられていて、中・高校生向きのサイエンス雑誌を手にしてめくっていたら、インドネシアのコモドという島に、絶滅したはずの恐竜のように巨大な肉食のトカゲが生息しているという写真入りの記事が載っていて、初めて知った私は、それがとても新鮮で、写真から目が離せなかった。当時、私の父は県の職員で、田辺市を含む西牟婁《むろ》郡県事務所所長だったが、医者の家庭との経済格差はかなりのもので、芝原くんが机の抽斗《ひきだし》から手のひらに余るサイズの紫水晶を取り出して見せてくれた時に、彼が裕福な家の子であることを思い知らされた。

またこれとは別の機会だったかもしれないが、国立大学の医学部の学生だった彼の兄がたまたま帰省していて、「犬のオスとメスが……」と一種の性教育のような話をしてくれたが、私には何のことか全く理解できず、ひたすら戸惑っていると、芝原くんがうれしそうに口許をほころばせ、目を瞬《しばたた》いて、私の顔をみつめていたことも思い出される。

私は伯父の法事のあった翌日、帰京する前に芝原くんの兄を訪ねてみることにした。診療時間の前に寄ったのだが、兄さんは私を喜んで招じ入れてくれた。私は、この内科医が大学生だった頃を記憶しているのだが、彼は私のことを全く覚えていないらしかった。随分太って、かつての面影はない。弟と少しも似ていないのは当時と同じだ。彼は弟の短い生涯を簡略に辿《たど》ってくれた。

芝原くんは、和歌山の中・高校から大阪の歯科技工士専門学校へ行った。ここらへんは昨日の従兄の話と同じである。一度結婚したけれど、長続きせず、すぐ離婚した。その後、独り身を通して、神戸・三宮《さんのみや》にある大手の歯科医院に住み込みで勤めていたが、地震の時、歯科医院が入居していたビルが倒壊して、亡くなった。享年四十一。

†

私たちが通っていた中学では、一、二年生の時は一クラス約五十人で、それが六クラスあり、受験を控えた三年次は、英語と数学だけAからFまで成績順にクラス分けして授業が行われた。つまり、学年で上位五十番以内に入っている生徒でFクラスが編成され、英語と数学の二科目だけ従来の教室からFクラス用に指定された教室に移動するのである。ABクラスには進学しないで就職する生徒が集められた。一学期ごとにAからFのクラスのメンバーが替わるはずだったが、Fクラスに関してはほとんど出入りがなかったと思う。

私も芝原くんも三年次の一学期はFクラスにいた。このクラスの数学担当の教師は田辺の出身ではなく、新宮だと聞いた覚えがある。彼は暴力教師の悪名が高く、私は一年の時からこの大伴《おおとも》という教師の数学クラスにいたが、担任でなかったのがせめてもの幸いだった。

事件が起こったのは一学期の期末テストのあとで、芝原くんの得点が何と3点だか4点だったのである。彼は一、二年次、別の数学教師のクラスにいて、三年でFクラスに入った時、初めて大伴に教わることになったのだが、なぜこのような得点結果になったのか、当時の私たちには謎だったし、誰にも分かりようもなかった。彼は二年次に学年で上位ランクの成績だったから、三年次にFクラスに入ったわけだし、一学期の中間テストの数学の点もそれほど悪くなかったはずだ。

大伴教師は、Fクラスでも数学の得点が学年の平均を下回っていたら、必ず体罰を与えた男で、この当時は三十を少し過ぎた年齢で、すでに頭髪が薄くなっており、度の強そうなぶ厚いガラスの眼鏡を掛けていた。

大伴は、芝原くんが彼の授業内容をまるで理解していないことを詰《なじ》り、強い平手打ちを数回繰り返した。それからなぜか小声で叱りつけ、再び猛烈な往復ビンタを加え、それからまた独り言のような叱責を反復して、さらに平手打ちをする。

芝原くんは俯《うつむ》いたまま立ち尽くしていたが、顔は赤く腫れ上がっていたものの、姿勢は変わらなかった。教室にいた誰もが芝原くんの得点に驚き、教師の罵声《ばせい》と叱責、執拗な暴力行為に辟易《へきえき》していたのだが、私はその後に何があったのか全く覚えていない。どのようにその日の授業は再開されたのか、芝原くんのようすはどうだったか、とにかく何一つ記憶に残っていないのである。

私の芝原くんに関する思い出は、以上がすべてである。一学期が終わり、夏休みに入って二学期が始まった時、彼は東陽中学に在籍していなかった。和歌山市内の親戚宅に預けられ、転校したという噂を聞いた気がするが定かではない。

これは私の勝手な推測だが、芝原くんは、この大伴教師を心の底から嫌っていたのではないか。それは大半の生徒が共有する感情だったのだが、芝原くんは嫌悪感をあのような形で表現して、大伴を絶対に受け入れない自分をアピールしてしまった。彼がそのような強さを持ち合わせていたこと自体意外だったが、教師の側も、自身の人格や人間性に対する根本的な批判を突き付けられたような気がして、点数が低かったという問題以前の部分で過剰に反応し激昂《げっこう》したのか。

小泉同様、私もこの出来事を人に語ったことがない。

†

私が、母の老人ホーム入所のため帰省した一九九六年の十一月末に、芭蕉の『奥の細道』の自筆本が発見されて、芭蕉研究に新たな一石が投じられた。授業の関係もあって、私は大いに驚き、感激した。

芭蕉の『奥の細道』は、柏木《かしわぎ》素龍《そりゅう》が芭蕉の直筆から浄書した素龍清書本（西村本）——、これが岩波の『日本古典文学大系』や岩波文庫版のもとになっている。他に曽良《そら》本と呼ばれるものがあるが、これは決定稿以前の芭蕉草稿を曽良が筆写したもので、『奥の細道』には芭蕉自筆草稿が伝存していないことになっていて、素龍清書本（西村本）が本文として最も信頼すべき原本とされてきたのだから、今回の発見の意義は大きい。

この発見には阪神・淡路《あわじ》大震災が大いに与《あずか》っている。大阪・淡路町の老舗《しにせ》古書店中尾松泉堂主人の芦屋《あしや》の自宅と蔵が地震によって半壊して、所蔵する多数の古書籍・図譜が破損して、外に出た。その一つに「芭蕉翁桃青真蹟」と記された桐箱があった。中から袋綴《と》じの枡形《ますがた》本一冊が出てきた。「故翁真跡墨付三十二丁／おくのほそ道」とある。これが斯界《しかい》を代表する複数の専門家の鑑定によって――一万六百四十一文字すべてが点検された――、芭蕉の直筆と判定されたのである。柏木素龍が浄書の時、書き損じをしたことも分かった。

翌一九九七年初頭、岩波書店より複製本が出された。私はこれを学校に買わせ、研究室に置いて私物化している。その年の三月末、私の大学の国文学教授の口利きで、中尾松泉堂の店で内々に実物を見せてもらえることになった。そこで私は真筆を見たあと、紀勢本線で紀伊半島を南下して、田辺市の老人ホームにいる母を見舞うことを思い立った。

この時までに私は、前年その死を知った芝原くんのことで、考えるともなく考えていたことがあった。芝原くんと大伴教師の関係についてである。

芝原くんが大伴を拒否した、そのことに大伴は狂乱してリンチを加えた。この二人の関係をどのように捉えればよいだろう。点数3点という、芝原くんの、この男には何も教わりたくないという不敵な態度、それに対する大伴の怒髪天を衝《つ》くといったリアクション――。

まず大伴は、芝原くんを大声で詰って強い平手打ちを数回繰り返したのち、なぜか小声で叱り、再び猛烈な往復ビンタ、それから今度は私たちに内容が聞こえない独り言のような叱責を反復して、さらに激しく平手打ちを見舞ったのだ。大声から小声、そしてつぶやきへ。この変化の中には何か想像を超える感情の動きがある。いっぽう、芝原くんは俯いたまま立ち尽くし、顔は赤く腫れ上がっていたものの姿勢は変わらなかった。

あの時、あのFクラスの教室で、芝原くんと大伴教師との間に成立していた異様で濃密な、抜き差しならない関係に、私たち生徒が容喙《ようかい》する余地は全くなかったが、例えば他のクラスの教師が目撃していたら、大伴と芝原くんが互いに一歩も引かずに意地の張り合いをしているように見えなかっただろうか。

そこまで思いめぐらした時、私の頭に奇妙な言葉が浮かんだ。

「求愛」……。

大伴は求愛をして手酷《てひど》く拒まれると、恐ろしく攻撃的になり、暴力を通して相手に深く関わろうとするタイプの男だった、という私の想像は穿《うが》ち過ぎだろうか。芝原くんは、そのことを鋭く勘付いて、どんな結果を招くか予測していながら、教師をあからさまに侮蔑する行為に及んだ……。

当時、このようなことを考えるたびに、私は、故人である芝原くんに無性に会ってみたくなったのを覚えている。

†

芭蕉自筆本『奥の細道』発見のニュースが話題になっていた頃、私は偶然、友人が持っていたビデオ版で、原一男《はらかずお》監督のドキュメンタリー映画、「ゆきゆきて、神軍」をみる機会を得た。昭和四十四年（一九六九）、皇居の一般参賀の群衆の中から昭和天皇に向けてパチンコ玉を発射して逮捕された男（奥崎謙三）のその後を追ったドキュメンタリーで、一九八七年の公開時、評判になって、いくつもの映画賞を受賞したという程度の知識はあったが、見過ごしたままになっていた。それから十年たっている。

――パチンコ玉事件から十三年後、奥崎は、彼自身その生き残りである旧日本軍のニューギニア残留部隊で起きた二名の兵士処刑事件に関わったとされる上官を含めた当事者を訪ねて、その責任を追及する旅に出る。事件から三十七年がたっている。彼らはいまは初老の生活者になっていて、「戦場だったからな……」とつぶやく。しかし、奥崎の追及は執拗で荒々しい。彼に密着するカメラを意識することで、奥崎の偏執と怨念《おんねん》はより過剰な饒舌《じょうぜつ》と暴力的なものへと白熱化してゆく。

見ていて、胸の悪くなるようなドキュメンタリーだが、フィルムの終わり近く、画面から奥崎の姿が消えたあと、次のようなサブタイトルが出る。

「昭和五十八年（一九八三）三月、奥崎謙三はニューギニア（インドネシア領）へ旅立った」

つづけて、画面に、奥崎が上官の息子を短銃で撃ったという新聞の見出しが流れる。

「元・上官の息子、胸に重傷」

「発砲、逃走」

「息子でもよかった」

「奥崎謙三を全国手配」

「奥崎、神戸市内で逮捕」

奥崎は元上官を改造銃で殺害するつもりだったが、本人が留守だったので息子に発砲したのである。間違って撃ったのではない。息子でもよかった、と彼は供述している。

奥崎が元隊長に銃を向けるのは理不尽ではあるが、筋は通る。銃を向けるに足る契機が二人の関係にはある。しかし、息子となると、そうした契機はない。

私は、「元厚生事務次官宅連続襲撃事件」について、かなりの時間が経過してから復讐を企てている、加害者、被害者の因果関係がストレートにつながらない、と先述した。

同じことは、奥崎謙三が引き起こした元上官殺害未遂事件にも言える。奥崎が、ニューギニアでの兵士処刑事件の当事者を追及し始めたのは、事件の三十七年後であり、加害者・奥崎が発砲した相手（被害者）は、元上官ではなく、その人物の息子であった。息子に責任はないのだから、加害と被害の因果関係は、やはり「ストレートにつながらない」。

では、私が何故こうしたたぐいの事件に惹《ひ》き付けられたかというと、長い時間が経過した後も当該事件が忘れられず、主観的に有責と認められる人物を殺害しようとまでする小泉や奥崎の、出来事への拘束のされ方に、強い関心を抱いたからである。

†

一九九七年の春、大阪・淡路町の中尾松泉堂で『奥の細道』の芭蕉自筆本を見せてもらったあと、私は母を見舞うため天王寺駅から新宮行き特急「くろしお」に乗った。

紀伊半島の海沿いを走るJR紀勢本線はカーブが多く、路線のスピードアップを図って作られた381系「自然振り子式」電車が導入されている。車体と車軸を発条《ばね》で繋《つな》ぎ、振り子の原理でカーブを減速することなく走り抜ける。そのため車体の揺れは尋常でなく、乗客の評判はすこぶる悪い。洗面室には乗り物酔い用の「エチケット袋」と称する紙袋が備え付けてある。車掌でさえ座席の背凭《せもた》れにつかまりながら検札にやってくる。当然、車内販売のたぐいはない。以前、通路の向こう側のテーブルから駅弁が私のところまで飛んで来たことがあった。

私は揺れに強いほうだが、「くろしお」では本を広げないことにしている。一度、文庫本の活字を追っているうちに激しいめまいを覚え、やがて嘔吐《おうと》寸前までいったことがあった。

天王寺から紀伊田辺駅までおよそ二時間の行程だが、車窓に展開するのは子供の頃から見慣れた海と山の平凡な風景で、興趣を誘うほどのものは何もない。私は目を閉じて、専ら揺れに身を委ね、様々な夢想、妄想のたぐいに耽《ふけ》るのだが……、やがて、作家の性分で、――もし芝原くんが一昨年の震災に遭わず生きていて、あの中学時代の凶事から長い時を経て、大伴教師に会いに行こうと考えたらどうなるだろうか、と考え始めていた。

私は、芝原くんのその後について、人生のなりゆきについて何も知るところはない。しかし、彼が例えばある年齢に達して、中学三年次に受けた教師による私的制裁に思いを致し、彼によって運命を変えられたという思いを抱いていて、大伴に会ってみたいと考え始めたら、どういう結末が待っているのか。果たして仕返しのたぐいを考えて実行したりするだろうか。

　彼は、自分が何をしようとしているのか分からないまま、大伴の住所を知ろうとする。会いさえすれば何かがはっきりするはずだと考えてのことだ。それが仮りに一九九七年なら、二十八年後である。芝原くんは私と同じ四十二、三歳、大伴教師はおそらく定年退職して六十代前半である。

　恩師を慕う教え子を装って、東陽中学か田辺市の教育委員会に電話をし、大伴が校長あるいは教頭として最後に奉職していた学校を突き止め、連絡して彼の退職後の連絡先を聞き出す。それが判明して、大伴が存命であることを確認したら、ある日、彼は手みやげでも用意して、いまは悠々自適の隠居生活を送っている大伴の自宅を訪ねて行く。

　芝原くんは、怪訝《けげん》なようすで玄関に現れた大伴にとりあえず上がってくれと言われ、応接間で相対する。

　芝原くんは過去のいきさつには触れず、何食わぬ顔をしてにこやかに談笑して別れるか。過ぎ去った月日のうちに溜《た》まった憤懣《ふんまん》や怒りを言葉でぶちまけようとするか。あるいは何らかの暴力的行為に及ぼうとするか。

　――では、芝原くんが暴力教師大伴に会おうとしていることを偶然私が知ったとしたら、私はどうする。

　特急「くろしお」の揺れは、私の妄想をいっそう掻き立てるようだ。

もし私が、芝原くんが何か危険な目論見を抱いていることを事前に察知したとしても、止めたりはしないだろう。ただ黙して、彼の話に耳を傾けるだけだ。彼が事を起こしたあとに、逮捕され、私に計画を打ち明けたことを証言し、私が「不作為の罪」に問われるなら、それはそれでかまわない。私はその可能性を視野に入れたうえで、彼の話を聞き、あえて阻止したり、煽《あお》ったりしないということだ。

天王寺を発しておよそ一時間四十分後、「くろしお」は切目崎《きりめざき》の先端部にさしかかった。ここからが古来、熊野と呼びならわされている土地である。このあたりに有間皇子《ありまのみこ》の大きな歌碑があるはずだが、車窓に捉えることはできなかった。

私はその歌碑に刻まれた二首を口遊《くちずさ》む。

磐代《いはしろ》の浜松《はままつ》が枝《え》を引《ひ》き結《むす》び真幸《まさき》くあらばまた還《かへ》り見《み》む

家《いへ》にあらば笥《け》に盛《も》る飯《いひ》を草枕旅《くさまくらたび》にしあれば椎《しひ》の葉《は》に盛《も》る

切目崎を南に回り込んだ浜が岩代である。

第三十六代孝徳《こうとく》帝（五九七－六五四）の長子が有間皇子。英明、高邁《こうまい》をうたわれたが、中大兄皇子《なかのおおえのおうじ》との皇位継承の争いがあった。身の危険を覚《さと》った皇子は気が狂ったふうを装い、治療と称して牟婁《むろ》の湯（白浜）に遊んだ。帰京して、湯につかり、白良浜《しららはま》を見ただけで病はたちまち退散したと斉明《さいめい》天皇（女帝）に報告する。翌年、斉明は中大兄を伴って白浜へ行幸した。この間に、有間皇子は中大兄と蘇我赤兄《そがのあかえ》の仕組んだ罠《わな》にはめられ、謀叛《むほん》の罪で逮捕され、天皇のいる白浜へ連行される。その途次、彼が切目崎の岩代側で詠んだのが先の二首である。

白浜に到着した皇子は中大兄の厳しい尋問に、

「天《あめ》と赤兄と知らむ。吾全《あれもは》ら解《し》らず」

と答えて、黙った。

皇子は縛され、ただちに都へ運び帰されるが、途次、藤白坂で刑吏によって絞殺された。

「くろしお」の車窓一杯に、傾きかけた陽光を浴びてきらめく田辺湾が広がった。湾口から白浜の岬が西に長く伸びている。

この時、私は夢から覚めたように、芝原くんがすでにこの世の人間でないことを忘れていたことに気づくと、母を見舞ったあと、ついでに亡き芝原くんの代わりに大伴教師に会いに行ってみようかなどと考え始めていた。私が行くんだから、代参になるが。

しかし、私が大伴に会ってどうしたいのかと訊かれても、私自身にも分からない。大伴の消息は、私の弟夫婦は共に田辺市役所に勤めているから、市の教育委員会に照会してもらえば簡単に知ることができるだろう。

「くろしお」は紀伊田辺駅に午後四時十分過ぎに着いた。私はその足で、田辺湾に注ぐ会津川のほとりにある老人ホームに母を訪ねたあと、弟夫婦と市内の料理屋でくえ鍋を囲んで、「太平洋《たいへいよう》」を酌み交わした。「太平洋」は新宮の酒で、生憎《あいにく》、田辺には地酒はない。しかし、昔は「早菊」という酒があって、父のお気に入りだった。

その席で、芝原くんのことには触れずに、東陽中学の恩師大伴の消息を知りたいのだが、と弟に話した。弟は私より五つ下で、彼が中学に入った年、大伴は異動で別の中学に移っていた。翌朝、私はもう一度母を訪ね、半ば記憶を失った母と三宝柑《サンポウカン》を食べながら噛み合わない会話を交わしていると、役所を抜け出した弟がやって来て、大伴の消息を伝えた。大伴は東陽中学から明洋中学、上富田《かみとんだ》中学と移り、周参見《すさみ》中学で教頭を務め、昨年、白浜中学校長で定年退職したあと、実家のある新宮市三輪崎《みわさき》で健在とのことである。してみれば、彼はじつに順調な教員人生を送ったわけだ。自宅住所、電話番号も分かった。私はそれを自分の携帯電話に記録した。

しかし、私が知ったことというか、やったことはそこまでで、そのあと弟の車で南紀白浜空港まで送ってもらい、昼過ぎには横浜・保土ケ谷の自宅マンションに帰って来た。

　その年の秋から小説の新聞連載が始まった。私にとって初の新聞連載で、緊張した日々が二年余り続いた。一時《いつとき》、強く記憶を呼び起こされた芝原くんのことも、時間とともに薄れて、そのまま忘却の彼方に消えていったかもしれないのだが、あれから十一年たって、小泉毅の事件が起きた。そして、二〇一六年も暮れようとする十一月三十日、三浦重太の事件が報道された。私にもう一度、芝原くんのことが甦《よみがえ》り、以上のことを作品化しようと考え始めたわけだが、年が明けてすぐにそれだけでは収まらない出来事が私自身の身に生じた。

　母の死である。田辺市の中心にある菩提寺での通夜、告別式、さらに骨上げののち再び寺に戻っての付け七日法要、市内の料亭でのお斎《とき》、と無事済ませて、夜遅く、実家の居間で弟夫婦と私たち夫婦は母の思い出をぼそぼそと語り合った。

　七月の闘雞《とうけい》神社の祭り（田辺祭）には必ず母が作ってくれたあせ鮓《ずし》――アセの葉で包んだなれずし。通称アセ、正式には暖竹・*Arundo donax*で、亜熱帯性のイネ科の多年草。高さは二～四メートルになり、茎は一見竹のようで、オーボエ、クラリネットなどの木管楽器のリードの素材として使われる。紀伊半島南部の海岸の至るところに自生して、葉には香気と防腐作用があり、その葉に包んでサバのなれずしを作るのである――、他に具沢山なちらしずしや、私と弟が共に苦手だった桑の葉やヨモギのてんぷらなどが話題にのぼった。

私は団欒《だんらん》の途中で、不意にまた、芝原くんのことを思い出した。母がフライパンで揚げたドーナツを、まずそうに食べていた芝原くんの顔が甦った。

その時、妻が私に呼びかけた。

「折角の機会ですから、熊野にお詣《まい》りしない？　お母さんの霊をお慰めするの」

本宮《ほんぐう》大社と新宮・速玉《はやたま》大社、那智《なち》大社の三所権現に詣でる、三熊野《みくまの》詣である。

私たちには共に翌々日の夕方までに横浜に戻っていなければならない用事があった。しかし、弟は、車でなら一日で回れるだろうと請合ってくれた。弟夫婦は勤めの関係で同行できない。

熊野は紀伊半島の南部、熊野川流域と熊野灘《なだ》に面する一帯の地域の名称だが、境界はあいまいだ。熊野（クマノ、クマヌ）のクマは隠《コモリ》の義（『古事記伝』）、または隈《クマ》、隈取りのクマ、さらに神《カミ》の転、クマ族の占拠した野の意など諸説あるが、古来この地は、志半ばにして仆《たお》れた者たちがこの世に未練を残してさまよう冥府のようにイメージされてきた。

熊野詣は、仏や神が衆生を救い導くためにこの世に権《かり》の姿を現わすという権現信仰にもとづいて、その霊験に触れる旅であると同時に、死者たちの霊を慰め、この世にたたりなどせぬようにと祈願する巡礼でもあった。

熊野詣は妻は初めてで、私自身はほぼ半世紀ぶりである。私が十歳の夏休み、父に連れられて、家族四人揃っての汽車の旅だった。

この旅には苦い思い出が残っている。汽車が紀伊田辺駅を出発して、紀伊新庄、朝来《あっそ》、白浜、紀伊富田《とんだ》、椿《つばき》、紀伊日置《ひき》と通過して、長いトンネルを出て、周参見の湾が近づいた頃、窓を開けて首を突き出した私の右目に、蒸気機関車の煙突から飛んで来た石炭粒が入って、それが三日間の旅が終わるまで取れなかったのである。赤く充血した目はチクチク痛んで、開けていられない。

最初の参詣地の那智では、百三十三メートルの落差の大滝を片目で見上げなければならなかった。空はまっ青で、水はほんとうに天から迸《ほとばし》り落ちて来るようだった。あの水に打たれたら、目も治るかもしれないと思って、滝壺《たきつぼ》のほうへふらふらと行こうとして、父に腕を摑《つか》まれた。

田辺は本宮への参詣道である中辺路《なかへち》のとばくちに当り、口《くち》熊野とも呼ばれる。私は運転ができない。妻のハンドルで、レンタカーで本宮、新宮、那智の順に駆足でめぐり、新宮に一泊して翌朝一番の特急「ワイドビュー南紀」で名古屋に出るという計画を立てた。この路線（紀伊勝浦――名古屋）を走る特急の車両は「振り子式」ではないので助かる。新宮から名古屋まで四時間近くかかるが、名古屋で「のぞみ」に乗り換えれば新横浜まで一直線で、夕方までに帰宅できるだろう。

「レンタカーにはカーナビが付いてるでしょうけど、わたしはあまり信用してないし、使わないわ」

と言って、妻は弟から借りた、彼が役所で使う詳細な「紀伊半島南部道路地図」をテーブルに広げて、覗き込む。私は時折、コースについての妻の質問に答えたりしていたが、頭の片隅には絶えず芝原くんのことがあった。

母の享年は八十七。天寿を全うしたと言える。ならば、霊を慰めるべきは四十一歳で逝った芝原くんのほうではないか。有間皇子が処刑されたのは数えの十九歳だった。

地図上で、新宮から那智に至る海岸線道路・国道42号を辿っている妻の指先を追っていた私の目に、「三輪崎」の地名が飛び込んできた時、私の胸は騒《ざわ》めいた。

十九年前、大阪の中尾松泉堂で『奥の細道』自筆本を見たのち、南下して母を見舞ったが、その折、弟に大伴教師の消息を教育委員会に問い合わせてもらったことがあった。大伴は定年退職して、実家のある新宮市三輪崎で健在であることが分かった。三輪崎は国道42号沿いの海辺の町で、新宮と那智のほぼ中間に位置する。国道42号と並行してJR紀勢本線が走っていて、鉄道の駅もある。私と妻は新宮に一泊する予定だから、那智参詣の行き帰りに三輪崎を通ることになる。

急に黙り込んだ私を変に思ったのか、ん？　という顔で妻がふり向いた。私は苦しまぎれに、それまで摑まっていた考えとは別のことを口にしていた。

「那智に吉田秀和《よしだひでかず》の墓があるらしいんだ。彼のお父さんは新宮の出身で、先祖の墓はもともと新宮市内にあったらしいが、その後、那智に移された。吉田秀和は、先に亡くなったドイツ人の奥さんのバルバラさんを那智に葬った。そして、本人の遺骨も鎌倉から運ばれて、那智の墓に納められたという記事を読んだことがある。今、そのことを思い出してね」

私は、これまで芝原くんのことを一度も妻に話したことはない。

妻は、吉田秀和の亡くなる直前まで続いた「名曲のたのしみ」を欠かさず聴いていたし、私は彼の文章のファンでもあった。

「ほんとう？　わたし、鎌倉で一度お見かけしたことがあるの。お詣りしたいわ」

「でも、僕はお寺の名前も墓地の場所も知らない。そうだ、新宮で辻本さんに訊いてみれば分かるかも」

旧知の辻本雄一氏は佐藤春夫記念館の館長で、『熊野・新宮の「大逆事件」前後――大石誠之助の言論とその周辺』の著書がある。

だが、もちろん私の頭を占めていたのは吉田秀和の墓ではなかった。

――十九年前、特急「くろしお」の大きく揺れる車中で、私は芝原くんが震災に遭わず生きていて、あの凶事から三十年近い時を経て、大伴教師に会いに行こうと考えていたらどうなるだろうと空想し、それから、亡き芝原くんの代わりに大伴に会いに行ってみようかなどと考えたりしたことを思い出していたのだ。

「あら、那智・勝浦までバイパスが通じているわ」

と妻が地図から顔を上げた。巨細に見ると、一本の道路が三輪崎の手前から海岸沿いを走るカーブの多い42号と分かれ、山の中を貫いて那智へと走っている。「那智勝浦新宮道路」とある。

「自動車専用道ね。ほとんどがトンネルだけど、これだとたぶん那智まで二十分とかからないかも」

バイパスを行けば三輪崎を通らないで済む。私の代参は幻に終わるはずだが……。

「トンネルばかりじゃつまらないな。途中の海岸線がいいんだよ」

と私は言った。だが、この時も私は確かな考えを持っていたわけではない。それに以前、大伴の存命を確認してからすでに十九年がたっている。存命なら八十歳になるだろうか。亡くなっているかもしれない。


翌朝、私たちは出発した。富田《とんだ》川沿いに走る国道311号に入って、一路本宮をめざす。311号と中辺路はほぼ重なっている。途中、滝尻《たきじり》、近露《ちかつゆ》、継桜《つぎざくら》、伏拝《ふしおがみ》などの王子に立ち寄りながら正午近くに本宮に着いた。晴れた空に風花が舞っている。おそらく、本宮を囲む果無《はてなし》山脈や玉置《たまき》山の上空から吹き寄せられて来るのだろう。本宮大社は小高い丘の上にあるが、かつて熊野川の中洲《なかす》にあった。今より数倍の規模だったが、明治二十二年の大洪水で流され、現在地に移された。私たちは、杉の巨木の中の長い石段をのぼって本殿にお詣りしたあと、歩いて旧社地・大斎原《おおゆのはら》を訪ねた。苔《こけ》むした石垣だけが残る芝生に蔽《おお》われたがらんとした空間だが、それだけにかえって清浄感が漂う。しかし、日本一の高さと称する鉄筋コンクリートの大鳥居は余計だという気がする。

「昔来た時は、こんなものはなかったよ」

と私は妻に言った。

街道に出て、「おとなし茶屋」と看板の出た店でうどんといなりずしの昼食を摂《と》ってから車に戻り、熊野川沿いに十津川街道を新宮まで下る。風花は消えていた。

四十分ほどで新宮に着いた。速玉大社は熊野川河口に近い右岸にある。車を境内の駐車場に入れ、朱塗りの鳥居をくぐった。賽銭《さいせん》を投げ入れ、柏手《かしわで》を打ち、参道の梛《なぎ》の巨木を見上げたあと、境内にある佐藤春夫記念館に辻本氏を訪ねた。生憎、氏は大阪出張中とのことで、若い女性の館員に那智の吉田秀和の墓について尋ねると、さあ、と首を傾《かし》げる。音楽評論家の吉田秀和ですよ、と付け加えると、

「あの吉田秀和先生、那智のご出身なんですか！」

と驚きの表情を浮かべた。

「ええ、おじいさんが新宮藩士だったそうで、お墓は那智のほうにあると聞きました」

女性職員は、調べてみます、分かればご連絡します、と言うので、私の携帯電話の番号を教えたが、那智に着いてから、地元の人に訊くのが手っ取り早いかもしれない。

那智へ向かう途中、明日の特急の乗車券を購入するため新宮駅に立ち寄った。妻は車に残り、私が切符売り場に向かう。発券を待つ間、私は二、三の出版社に連絡するため携帯電話をポケットから取り出し、電話帳を開いた。

出版社への連絡を済ませたあと、私はもう一度電話帳を開いた。ア行のページの末尾に大伴の名がある。私はカーソルを動かし、ボタンを押した。五、六回のコールののち、中年らしき女性が出た。昔、田辺の東陽中学で大伴先生の教えを受けた者です、と言って名前を告げ、出張で新宮まで来たのでついなつかしくなり電話を掛けた、と説明した。おじいちゃんは区長会議で市役所に出かけていて、三時頃戻る予定です、と相手は答えた。よろしくお伝え下さい、と言って私は電話を切った。これで大伴は健在であることが分かった。

私は車に戻った。

42号に入り、新宮の市街地を抜けて十五分ほど走ると、「高森」と標識のある信号機が見えてきた。地図にあった通り、道はふた手に分かれていて、右に取るとバイパスのＩＣへ続く。私たちはそのまま旧道を進んで、三輪崎地区に入って行った。

丘はみなミカン畑で、大ぶりのミカンがたわわに実り、南からの陽光をたっぷりと浴びている。湾のふところは漁港で、沖合いから十数隻の漁船が白い水脈を引いて戻って来る。この風景の中のどこかに大伴の家はあるのだ。

三輪崎を抜け、入り組んだ海岸線の道を三十分ばかり走ると、JR那智駅前に出る。右に折れて国道と別れ、那智山への道に入ると、車はすぐバイパスの高架をくぐった。左手にインターチェンジも見えた。

道はほぼ那智川に沿っている。二〇一一年九月三日から四日の未明にかけて、紀伊半島を襲った台風12号は、記録的な豪雨をもたらした。この時、那智谷を取り巻く周囲の山々の谷川上部がほとんど沢抜け（斜面が崩落）して、巨礫《きょれき》を含んだ土石砂と大量の流木が那智川流域を襲った。家屋は押し潰され、流され、土砂に埋まり、多数の死者が出た。その爪跡はいまも至るところに残っている。

「小さな川なのに……。町長の奥さんと娘さんも流されたのね。娘さんは流された当日結納を迎えるはずだった、というニュースを覚えているわ。吉田秀和のお墓も流されたのかしら」

「いや、吉田秀和が亡くなったのはその翌年、二〇一二年の五月だからね。納骨は当然、さらにそのあとになる。墓が無事だったことはたしかだ」

私たちは那智山に登り、那智大社と青岸渡寺《せいがんとじ》にお詣りしたあと、杉木立の中の仄暗《ほのぐら》い石段を下り、那智の滝を見上げた。私はがっかりした。災害の跡はここでも顕著で、滝口の岩壁の一部が大きく崩れ、落下したいくつもの巨岩で滝壺が潰れてしまっているのだ。かつて私が左目だけで仰いだあの神々しい姿はどこにもなかった。滝壺のない滝なんて……と私は独り言《ご》ちた。

妻は滝に向かって手を合わせながら、

「三島由紀夫の『三熊野詣』に、那智の滝を海上から眺める場面がありましたね。遊覧船か何かに乗って……」

「うん、あった」

私はうわの空で答えた。

「さあ、吉田秀和のお墓を捜しましょう」

と妻は言った。

私たちは車に戻った。那智山道路を引き返す途中、街道沿いのおみやげ物屋や農家の庭先に車を停めて、吉田家の墓所を尋ねるが、誰も詳しいことを知らない。吉田秀和の名前も通じない。

「諦めようか」

「そうね。新宮に戻って、早目にチェックインしましょ。お腹も空いたし」

那智勝浦ＩＣからバイパスに乗って間もなく、車は最初のトンネルにとび込む。その直前、私の視線は、低木と雑草に蔽われた山の斜面に古びた墓石の群を捉えた。しかし、一瞬のことでもあり確信が持てず、妻には何も言わなかった。

道路は分離帯のない一車線で、しかもトンネルは長く、緩くカーブしている。対向車が制限速度の七十キロをはるかにオーバーしてすれ違って行く。

「こわいわ」

と妻がつぶやくように言った。その時、いきなり前方に、白く輝く出口が迫った。

「三輪崎に……」

思わず私は、考え詰めていたことを口走った。

「中学の時の恩師がいるんだ」

「あら、初耳」

「数学の先生でね」

「数学は苦手なんじゃなかった？」

「あの頃はそうでもなかったんだよ。でも、その先生のおかげで苦手になった」

「いま、おいくつになるのかしら？」

「たぶん、七十九か八十……」

「ご健在？」

「さあ、分からない」

「お訪ねしてみたら。苦手な先生」

私は腕時計を見た。三時四十分。大伴はもう帰宅しているはずだ。

一つトンネルを出たと思う間もなく、次のトンネルが始まる。長短それぞれ、都合六つのトンネルを抜けて、ようやく新宮南ICの標識が現れた。バイパスはここが終点だ。ICを出てしばらく行くと、「高森」の信号が見えてきた。国道42号と合流する。何だか振り出しに戻ったような気がする。直進すれば新宮だが、妻は私の意向を訊かずに、右折信号を待って右にハンドルを切った。

三輪崎地区に入った。先程那智に向かって通過したばかりの道だが、私にとって同じ道ではなかった。大伴と会うのだ。

「手ぶらでいいのかしら?」

妻の言葉に、はっとする。うっかりしていた。大伴訪問を決めていなくても、せめて田辺を発《た》つ際、田辺の銘菓、例えば「三万五千石」でも用意しておけばよかったものを……。

カーブする道は緩い下りで、やがて紀勢本線の線路と並行して走るようになる。上りの特急「くろしお」とすれ違う。私は先程通った時、右側の道沿いにホームセンターがあったことを覚えていた。やはり、三、四十メートル先にその看板が見えてきた。車をホームセンターの駐車場に入れる。地元の荒物屋が、小規模な「ホームセンター」に慌てて衣替えしたといったふうな店構えだ。

私は車を降り、自動ドアを通って奥のレジカウンターのうしろで編み物をしている中年女性に挨拶して、大伴教師の家を尋ねた。

「大伴先生ならすぐ近くでよ」

と女性は編み物と編み棒をカウンターに置くと、私を店の外に連れ出し、身振りを交えて道順を教えてくれる。妻が車から降りて、挨拶した。

「ほれ、そこの信号を右に曲るとね、坂道やが、上がり切ると石垣に突き当るよってな、そいを右に取って、そやね、四、五十メートルあるかいな、突き当りの門構えが大伴先生のお宅やわさ。お車のようやけど、道は狭いよって歩いてかれたほうがええんね。車、ここへ置いてきよし。どこからおいでなんかのし？」

「横浜からです」

「はるばるやねんね。ご親戚かいの？」

「いえ、教え子です」

「どっちゃの先生の？」

私が怪訝な顔をすると、

「そうやな。あんたの年恰好《かっこう》なら大《おお》先生に決まっとるなし」

大伴教師が二人いる。その後のやりとりで、大伴の長男も教師で、新宮商高でやはり数学を教えていることが分かった。新宮商高は地元の三輪崎にある。

突堤まで歩いて海を見て来るという妻と別れて、私はホームセンターの女性に教えられた通り、信号を右に曲って、緩やかな勾配の坂道をのぼる。道幅は二メートルほどの簡易アスファルト舗装で、片側の溝をかなりな量の水が勢いよく流れている。私は流れに逆らうように歩を進めた。

ある箇所から道の勾配が急になった。

一瞬、私の周りの家屋や畑の風景が消え、坂道だけになった。私はぽつんと立っている。その時、私は、やはり来るべきではなかった、という後悔の念に囚《とら》われた。ここに立っていなくてはならないのは芝原くんであって、代参などというふざけた思いつきは捨ててしまった方がいい。

私は踵《きびす》を返そうとした。しかし、何故か背後の坂道は消失してしまい、芝原くんと覗き込んだあの切り立った崖が残されている。

私は覚った。坂道というのは、いったんのぼり始めたら途中で引き返すなんてできない相談だ、と。

私は再び坂道を歩き始めた。

道はやがて石垣に突き当る。石垣の上はミカン畑で、果実の香りを含んだ風が流れて来る。右に曲り、石垣に沿って進むと、前方に腕木門《うでぎもん》が見えてきた。私は足を速めた。

屋敷は広く、母屋を中心に土蔵と納屋を配した農家ふうの建物に、紀伊半島南部特有の槙《まき》の生垣をめぐらしてある。門柱には「大伴昭男」の大きな表札が掛かっている。

　私は、吉田秀和の墓を捜しあぐねて諦めたにもかかわらず、あっけないくらい簡単に大伴の家に辿り着いたことに少し戸惑っていた。もし吉田秀和の墓にお詣りできていたら、それで私たち夫婦の三熊野詣は完結し、三輪崎に戻ることはなかったかもしれない。

　私は門をくぐり、砂利道を踏んで玄関へと向かう。母屋は深い廂《ひさし》を持った平屋で、長い広縁が延びている。左側に白壁の土蔵と農機具や小型トラクター、軽トラックなどを収めた納屋、右側にモダンな造りの二階家がある。庭には池と築山《つきやま》があり、よく手入れされた数本の五葉松が水に影を映している。錦鯉がはねた。人影は見当らない。

　母屋の玄関のインターホンを押す。脇に「SECOM」のシールが貼ってある。すぐに、はい、と答えが返ってきた。

　上がり框《がまち》に立ったのは大伴教師本人だった。私のイメージでは、大柄で顔の大きな人物だったが、目の前にしてみるとそれほどでもない。しかし、腰は曲っていないし、矍《かく》鑠《しゃく》として、禿頭《とくとう》と顔の皮膚には鞣《なめ》し革のようなつやがある。かつては度の強そうなぶ厚いガラスの眼鏡を掛けていたはずだが、いまは掛けていない。

　私は玄関に立って、以前、田辺の東陽中学の三年次、先生のクラスにいた者だと自己紹介し、名前を名乗った。もちろん、私の名前など覚えていない。

「電話もろたそやな」

と大伴は言った。

「ま、お上がり。家の者はみな出払っとって、誰もおらんが」

私は庭に面した大きなガラス戸のある応接間に招じ入れられた。家じゅうがしんと静まり返っている。大伴は私を革張りのソファにすわらせると、いったん姿を消し、やがて大きな凸《でこ》のあるミカンを盛った籠を持って戻り、低い円テーブルの上に置いた。先程、石垣の上から漂ってきたのと同じ香りだ。

「うちで穫れた『不知火《しらぬい》』やけどな」

「不知火」は「清見《きよみ》」ミカンと「ポンカン」の交配で作られた品種で、ミカンの中でも最も糖度が高く、高級品種とされる。

「うちの『不知火』は銀座の千疋屋《せんびきや》で売られとるんや。代々、ミカン農家でな。いまは次男がミカン作りに専念しとる」

私は大伴の言葉の一つ一つにうなずき、恩師を慕って訪ねて来た教え子のふりをして、当時の出来事——運動会の組体操で自分が骨折したことや、扇ヶ浜と神島《かしま》間を往復する恒例の遠泳大会で鱶《ふか》が出て、途中で中止になったこと、田辺簡易裁判所でスリの裁判をクラス全員で傍聴したことなどを話すが、大伴は覚えていない。

「学校から貸切りで、錦輝館《きんきかん》へ『はだかっ子』という映画を観に行ったことがありましたね。先生役の有馬稲子《ありまいねこ》の眩《まぶ》しいような美しさが記憶に残っています。主人公の腕白小僧が有馬稲子と相撲を取って、負けるんですが……。少年が、先生の胸がよ、ふわふわして綿みたいなんだよ、なんぼ押しても力が入んないんだよ、と友達に負けた言い訳をする。そのセリフにぼくらはゾクッときたもんです」

大伴からは何の反応もない。私はすぐに自分の勘違いを悟った。

「すみません。これは小学生の時でした」

大伴は腕組みして、眉をもそもそと動かした。

「東陽中学かァ」

と嘆息するようにつぶやいて、

「あそこはアカの巣窟《そうくつ》やった」

と続ける。そして、私の与り知らぬ、当時の日教組《にっきょうそ》との対立をめぐる体験談を話し始めた。

それが一段落したところで、私は当時の新任の美人英語教師、例えば「青い山脈」の原節子《はらせつこ》演じる島崎雪子《しまざきゆきこ》先生のようだった……、そうたしか末吉光子《すえよしみつこ》……と名前を口にすると、これはどうも覚えがあるようで、大伴の表情が動いた。しかし、何も口にしない。

私は、石神《いしがみ》梅林への遠足、広島の原爆ドームや厳島《いつくしま》神社をめぐった修学旅行を取り上げ、旅先でのちょっとしたアクシデントを話しながら、芝原くんのことを切り出すタイミングをうかがっていたのだが、言葉が空回りしていることを自覚せざるを得なかった。

私は、視線を大伴の顔とテーブルの上のミカンとの間で往《い》ったり来たりさせている。ミカンには手を付けていない。静寂の中で、私の声だけが空《むな》しく響いている。不意に、私の声も消えて、地上に大伴と「不知火」と呼ばれるミカンしか存在しないかのような錯覚に襲われる。

その時、私の口をついて彼の名前が出た。

「芝原慎吾くんのことを覚えてます?」

しかし、大伴は全く記憶していない。私は密《ひそ》かに落胆した。

庭に人の気配がして、私はガラス戸のほうをふり向いた。芝生の植わった池のほとりを十三、四歳の美少女が大きな声で、

「シロ、シロ!」

と呼びながら横切って行く。シロはたぶん犬の名前だろう。あの頃の芝原くんや私と同じ年頃の孫娘がいるようだ。

結局、私はしばらく大伴とにこやかに談笑しただけで、「不知火」を六個持たされて辞去することになる。暴力教師の大伴が充《み》ち足りた晩年を送っていること、それを確認しただけで訪問は終わった。もちろん、それ以外のことは起こりようがない。

帰り際、私が玄関で靴を履いていると、大伴が背後から、

「あんた、ほんまは何しに来たんや？　手みやげの一つも持たんと……」

と小声で言った。

私は、あの教室で、大伴が芝原くんの耳許に何事かを告げていた場景をまざまざと思い出した。

私は苦笑してごまかし、頭を下げて足早に玄関から遠ざかり、門をくぐった。

……あのリンチ事件の加害者が充足した幸福な余生を送っている。いっぽう芝原くんは実際はよく分からないが、おそらくハッピーとは言えない一生を四十一歳で終えた。抵抗できない無力な少年たちにさんざん暴力をふるったあの男、じつは家庭では良き夫、良き家庭人だったのか。

大伴が、いまは孫に囲まれた大家族の家長として、悠々自適の生活を送っているとする。私はそのことを確認して、憤りを感じたのか、という問いに対してはノウ。では、そのような現実を肯定的に受け止めたのか？　これもノウ。私は、この世界がこうした不条理からでき上がっていることを予見し、自分の目で事実を見定めるため、男を訪ねてみたのだ。私の同級生と暴力教師の間に結ばれた縁《えにし》、それがもたらしたものを、二人のその後の人生の明暗を、具体的に知りたかった。知った上で原稿を書いて、生活のたつきとするのが私の商売である。

貰った六個のミカンを抱えて坂道を下る私の脇の溝を、清冽《せいれつ》で豊かな水が流れ落ちて行く。ミカンが一つ転がった。私はそれを拾うことなく、坂道を下って行く。

携帯が鳴った。佐藤春夫記念館の女性からだった。

「吉田秀和先生のお墓、分かりました。那智の川関《かわせき》というところで、バイパスのトンネルのすぐ近くです。お寺は天与《てんよ》寺というそうですが、いまは無住寺になってるとのことです」

私と妻は再びバイパスに乗って、那智に引き返し、那智の浜と熊野灘を望む、低木と雑草に蔽われた山の斜面にある吉田秀和の墓に詣でて、帰路についた。

Delusion

その日は金曜日で、T大学医学部附属病院精神神経科主任診療医黒木純一《くろきじゆんいち》は手許の鉄道時計に目をやった。時刻は午後五時十分過ぎ。

この鉄道時計は勤続二十五年の折、病院から贈られた。二〇一四年に、セイコーが国産初の鉄道時計製造八十五周年を記念して、限定モデル一機種（SVBR005）を八百五十本製造販売したものの一つで、アラビア書体のダイヤル（文字盤）を含め、デザイン、材質も八十五年前のままのいわば復刻版である。むろん当時は手巻き式だったが、これは電池寿命十年の高性能クオーツムーブメントを搭載し、リニアモーターカーの床に落ちても耐えられる高い耐磁性能を謳《うた》っている。以来、彼は腕時計はしない。鉄道時計には気に入りの印傳屋《いんでんや》のストラップを付けて、常に携行している。

年齢は五十代半ば、双極性障害――躁《そう》うつ病――の権威で、『神経生物学概説』『ミトコンドリア病と双極性障害』といった専門書の他に、『気まぐれ鬱《うつ》との付き合い方』などの新書版の啓蒙書も著している。日本神経精神医学会の理事を務め、昨年は代表メンバーの一人として、ロンドンの国際神経精神学会にも出席した。二〇二〇年に改訂されたDSM-6（Diagnostic and Statistical Manual of Mental Disorders――アメリカ精神医学会編）の日本語版（二〇二一年）の編纂《へんさん》と監修にも加わった。

患者はほとんど紹介によって来院するため、フリーの患者が訪れることはめったにない。黒木はこの日の診療は終わったものと思い込んで、女性看護師と研修学生を引き取らせたあと、パソコンを閉じ、個人用の日録ノートに若干のメモをしたため、ほっと一息つき、抽斗《ひきだし》から近年凝っている葉巻《シガー》を取り出す。部屋は黒木専用である。抽斗には小型のヒュミドール（葉巻保管箱）が仕舞い込まれており、その中にダビドフのプリメロスを半ダース、モンテクリストの№4を二本、エスペシャル№2二本を常備している。紙巻《シガレット》は三十代でやめた。五十歳を越えてからシガーを始め、診療最終日の金曜の夕方にだけ三〜四十分かけて一服する。それから帰り仕度をして本郷三丁目から地下鉄に乗って茗荷谷《みょうがだに》で降り、駅近くの行きつけのバー「Verve」に立ち寄り、グレンモーレンジィの18年を飲む。シガーは自宅や酒場では吸わない。それなら医者の不養生とは言われないはずだ。もちろん院内は全面禁煙だが、誰もいなくなった週末の自分の診察室で、一本だけシガーを吸うくらいは許されてもよいのではないか。それにひと頃の嫌煙権原理主義の嵐もややしずまった感もある。部屋を出る前に強力な消臭スプレーを散布しておくので、土曜、日曜の休診を間に挟んだ月曜日にはシガーの匂いもあらかた消えている。

彼はヒュミドールからエスペシャル№2を取り出した。吸い口をシガーカッターで切り落とし、シガー用の軸の長いマッチで火を点《つ》け、煙をくゆらしたところで卓上の電話が鳴った。受付からで、初診の患者さんが午後一時から待っている、と告げた。外来診療は初診の場合、電話予約と紹介状が必要だが、当の患者は予約もせず、紹介状も持たずに来院したため、後回しになっていたのである。問診票は届いているはずですが、と受付の男性事務員は冷ややかな声音で言う。

黒木は慌ててシガーを灰皿のシガーレストの上に置き、患者が書き込んだはずの問診票を机のファイル・ケースから捜して、急いで目を通した。整ったきれいな字体だ。猿《さ》渡《わたり》由紀子《ゆきこ》、三十五歳。しかし、問診票を見るかぎり、現在、何かを病んでいる徴候はなさそうである。黒木は首を傾《かし》げた。

「今つらい事はどんな事ですか。下記よりいくつでも○で囲んで下さい」の欄があり、二十項目以上が並んでいる。不安感、緊張感、悲哀感（涙もろい）、焦燥感、自傷行為、幻聴……、などだが、そのどれにも○印が付いていない。

裏面がある。具体的な症状を書くスペースだが、ここも空白である。問診票は次のような質問で終わっている。

「この問診票の表・裏を書くのに何分かかりましたか？（　）分」

所要時間も書かれていない。

一体、この女性は何のために訪ねて来たのか。精神疾患の症状に関する記入が全くないのはおかしい。受付けた時点でチェックして、書き込んでもらわないと困る。黒木は問診票を差し戻すつもりで、電話に手を伸ばしかけた時、ドアがノックされた。

若い女性が入って来た。彼が受けた第一印象は、おっ、美人じゃないか、である。髪はショート、薄いメイクに唇は半透明のグロス、服装はロングのブラウスジャケットというのだろうか、それに白いパンツの組み合わせは、僅かに時代遅れの感覚を漂わせるが、それがかえって彼のような年齢の男には好感を抱かせる。

シガーレストに置いたシガーは微《かす》かに煙を上げていて、彼女は部屋を横切りながらその匂いに敏感に反応して、おやという表情を浮かべたが、眉を顰《ひそ》めたりはしなかった。澄んだまなざしはいきいきと動いて、一目見て、精神の病を抱えているタイプでないと分かる。

彼女が着席して、向かい合った時、黒木は、この女性と以前会ったことがあることに気づいた。

「どこかでお会いしたような……、気がしますが」

「はい。わたしはＪＡＸＡ、宇宙航空研究開発機構に勤めていて、今年二月中旬にヒューストンのジョンソン宇宙センターから有人宇宙船「オリオン」でＩＳＳ、国際宇宙ステーションに行き、三カ月滞在して、半年前の五月に帰還しました。当時のテレビ、新聞報道の写真でわたしの顔をご覧になったのでは」

黒木はあらためて女性の容貌から、確かにニュースで何度か目にした人物であることを確認して、うなずいた。精神の正常な軌道を外れて、人間世界の孤児になった人々と対面することに慣れている黒木だが、地球から約四百キロ離れた無重力状態の宇宙空間から還ってきた女性と思いがけず差し向かいになって、彼の胸は少年のようにときめき、初診の患者を前にしていることをつい忘れ、好奇心から来る様々な質問が頭の中で渦巻いて、矢継ぎ早に口を衝《つ》いて出そうになった。

「子供の頃から宇宙好きでした？」

「無重力状態の中での思考力は？」

「宇宙では、星はまたたかないでくっきり見えるって、本当？」

「宇宙服は一着、いくら？」

「神を見ました？」

†

猿渡由紀子が宇宙飛行士候補者に選ばれたのは二〇一二年二月で、約二年間のＪＡＸＡ（つくば）及びＮＡＳＡでの基礎訓練を経て、二〇一四年三月、正式にＪＡＸＡ宇宙飛行士に認定された。

その後、アメリカ、ロシア（星の街）、日本、カナダなどでの訓練を経たのち、二〇二〇年二月にＮＡＳＡのミッション・スペシャリストの資格を取得、同年十月にはＩＳ

S長期滞在員に任命され、二〇二二年二月十六日、「オリオン」で宇宙へ旅立った。

「実は私も……」

　と黒木は口ごもりつつ言った。

「昔、大学の研究室にいた頃……、そう一九九一年の募集の時でした。重力の有無によって遺伝子の発現が影響を受けるのか、脳細胞からのカルシウムの流出は、といった実験に強く興味をひかれ、応募してみようかと真剣に考えたことがありました。でも、すぐに諦めましたよ」

「どうして……？」

「応募条件の中に泳力《えいりょく》というのがあるでしょう。宇宙でも泳がなければいけないことが分かって。私はカナヅチなんです」

　女性は笑みを浮かべて、

「NASAの訓練では、約31×62メートルの巨大プールにISSの実物大模型を沈めて、船外活動のトレーニングをするんです。水の浮力を錘《おもり》で抑えて、無重力状態に近い中性浮力状態を作り出して……」

「泳げないと宇宙で溺れる……？」

「はい。わたしは実際、何度もISSで船外活動を行いましたが、遊泳しながら、かつて人間は海の生物だったという学説を思い浮かべました。地球の海で泳いでいた時は、一度もそんなふうには思わなかったのに。これは向井千秋《むかいちあき》さんがおっしゃっていたことの受け売りですが、人間が、もちろん、まだニンゲンとは呼ばれない原始的な生物《イキモノ》だった時代に、母なる海から陸上という死の環境へ出て行き、二億年近くかけて骨という「生命維持装置」を作り上げた。骨は陸上の重力に対して、体を支える役目を受け持っているんですね。そして、猿人が、地面に垂直に立って二足歩行するようになった。これは、爬虫類《はちゅうるい》が羽を獲得して大空を翔《と》ぶようになったことに匹敵しますが、宇宙では、まずその骨が弱ってしまうんですけどね」

「でも、猿渡さん、あなたは地球のはるか上空を翔ぶフェニックスでもある」

黒木は、我ながら気の利いたことを口にしたと思ったが、女性は意に介さないようすで、

「先生は木星の衛星エウロパについてご存じですか」

「エウロパ……、太陽系の惑星や衛星の中でも生物が存在する可能性が高いと言われている星ですね。昔、映画を見たことがあるな。六人の宇宙飛行士がエウロパの探査に行き、巨大なタコのような海洋生物と遭遇するという……」

「エウロパは、大きさは月とほぼ同じくらいですが、数千メートルから数万メートルの厚さの氷におおわれているんです。氷の下には百キロの深さの海が広がっていて、巨大なタコはともかく、水が液体の状態で存在するとしたら、魚に似た生物はいるかもしれませんね」

「そいつがいつか陸《おか》に上がって、人間になる？」

「いえ、エウロパには陸地はないので……」

話しながら、黒木の右手はシガーレストに置いたシガーに伸びかける。しかし、彼は思い止《とど》まって、しばらく手を宙にさまよわせたまま、若い女性のほうへあらためて訝《いぶか》しげな視線を向けた。ところで、この宇宙飛行士はいったいどこを病んでいるのだろう？

「じつは……」

と猿渡は言葉を切って、医者を見つめ返した。

「……わたしのＩＳＳでの仕事は、さっきおっしゃってらしたような、先生のご研究と関わりがあるものです。無重力状態における遺伝子やたんぱく質、カルシウムの流出実験は日本の実験棟『きぼう』で行われているものの一つなんです。わたしは農学部の出身ですが、先生のご本を何冊か拝読して、双極性障害はこころの病ではなく脳の病気で、生物学的障害であるとはっきり述べられていて、ミトコンドリアの機能障害やカルシウムシグナリングの問題として、分子や細胞レベルで解き明かそうとなさっていることに感銘を覚えました」

「いやいや、あれは……」

黒木は何やらばつが悪そうに目を瞬《しばたた》いて、再び吸いさしのシガーに目をやった。彼の胸中では、ここにいるのは一人の女ざかりの聡明な女性なのだという印象が強まるばかりで、以上のやりとりからは彼女が精神神経科を訪れた目的、患っている病のヒントを得ることができなかった。

　黒木は問診票を再び手に取り、

「拝見したところ、あなたにはこれといった精神疾患はなさそうな印象を受けますが、今日、午後一時から待ってらしたのはどういうわけですか？　この問診票は白紙答案のようなもので、医者にとっては、診断する手掛りが何も与えられていないように見えます」

とできるかぎりにこやかな表情と穏やかな調子を保って問いかけた。

　猿渡は俯《うつむ》き加減になって、

「すみません。どう書いていいのか、判断がつかなかったものですから」

と答えた。

「今日お伺いしたのは……」

　彼女は顔を上げ、背筋を伸ばして、小さな咳払《せきばら》いを一つした。

「ＩＳＳから帰って来てここ三カ月間、わたしの身に不思議なことが起きていて、そのことについて是非先生のご判断を仰ぎたい、そう思いまして……。このことを誰に話しても、変な人間だと思われそうで、これまでわたし一人の胸に止めてきたのですが、昨夜起こったことから、事態は急を要するのではないかと考え、予約をしないで、いきなりお訪ねした次第です」

「不思議なこと？」

「ええ。起きた順にお話ししなければ伝わらないと思いますので、九カ月前に、わたしが国際宇宙ステーションに到着したところから説明いたします。

わたしの主要任務は、これまでどおり宇宙ステーションに滞在して、各国の宇宙飛行士と協力し、各種の実験や観測を行いながら、日本で作られた実験棟『きぼう』のメンテナンス、点検整備が必要かどうかチェックするというものでした。

『きぼう』は、詳しく言いますと船内実験室と船内保管室、船外実験プラットフォーム、船外パレット、ロボットアーム、衛星間通信システムの六つのモジュールから構成されています。中心の船内実験室は長さ11・2メートル、幅4・4メートルあり、室内は地上と同じ1気圧の空気で充《み》たされ、室温は18・3～26・7度に保たれていて、周囲は搭載ラックにおおわれています。船内保管室は船内実験室の上に載っかるように設置されていて、長さ4・2メートル、幅4・4メートルあります」

「ニュースで見て覚えてるんですが、ロボットアームを使ってステーションの修理をするんですね。猿渡さんもおやりになった？」

「はい。宇宙空間に行って、滞在しているだけでも意味はあるんですが、仕事は『きぼう』のメンテナンスだけでなくて、先程言いましたように実験装置や実験試料の設置と交換、日本から持ち込んだ植物やたんぱく質の結晶の成長実験、放射線を浴びて傷ついたＤＮＡの修復に関する実験など、たくさんあるんです。

ＩＳＳは一九九八年から建設が始められ、二〇一一年に完成して運用が開始されました。当初は二〇一六年までの運用予定だったのですが、その後、二〇二〇年まで延長され、さらに二〇一五年末に、日米両政府は、二〇二四年までの運用延長に日本が参加することで合意しました。

『きぼう』が最初に打ち上げられ、ＩＳＳの『ハーモニー』に取り付けられたのは二〇〇八年の六月ですから、現在までに十四年が経過しています。ＪＡＸＡ内部でも老朽化が進んでいれば、新しい実験棟を作って再び打ち上げる可能性も一時は検討されていたのですが、なにしろＩＳＳの運用期限が二年後に迫っています。しかも、ロシアは二四年以降はＩＳＳ運用から離脱し、独自の宇宙ステーションを建設し、三〇年代に人間を月に着陸させ、月面基地を開発する計画です。中国もすでに昨年、独自の宇宙センターを完成させ、今年八月から運用を開始しました。

ＩＳＳには十五カ国が参加しているのですが、運用費用の日本の分担額は、アメリカに次ぐ年間約四百億円に上っていて、投資額に見合う成果が上がっているのかと疑問の声も政府内にあるのです。自前の有人宇宙船がなく、ＩＳＳに頼るしかない日本としては、運用のさらなる延長を米政府に働きかけるしかないのが現状です。

このような切羽詰まった状況にあるのですが、焦ってもしかたないことですし、そのことは忘れて、わたしはわたしに課せられた任務を全うすることだけを考えて過ごしました。日本から持ち込んだ細胞検体や植物の生育状態を、無重力状態の中で顕微鏡で観察するのなどはとても楽しくて、やりがいのある仕事でした。ある時、猿の脳の細胞を覗《のぞ》いているうち、ふと、これは昨日、『きぼう』のアームの関節を点検するためエアロックから船外に出て眺めた地球そっくりだわ、と思ったとたん、わたしはふわりとモジュールから飛び出して、宇宙を遊泳しているような感覚に囚《とら》われたんです」

「猿の脳細胞と地球がそっくり？」

「ええ。砂漠や海、山や湖、森や氷山があって、川が流れていて、田圃《たんぼ》や畑があり、街があります」

「それが不思議な現象の始まりだった？」

「いいえ、そうではありません。こういう経験は特に宇宙でなくても、例えば幽体離脱のようなものとして、地球上でも起こるんじゃないでしょうか。おそらく無重力状態が、脳に引き起こした幻影、錯覚ではないかと思われます。

……わたしと一緒に組んでいたのはアメリカ人のフィルポッツ宇宙飛行士です。陽気で気さくなキャラクターで、様々な作業も彼のおかげでスムーズにこなしていくことができました」

「で、妙な出来事が起きたんですね？」

黒木は、話を急《せ》かす口調で言った。

「はい。今回のわたしの滞在は、通常は半年程度なんですが、三カ月と短く、あと一週間で地球に戻るという日、わたしは『きぼう』の船内保管室にいて、衛星間の通信システムに必要な予備の機械の点検をしていたんですが、突然、誰もいないはずのコンテナの中に何か強い人の気配を感じたんです。

フィルポッツ？　と思ったのですが、姿はありません。LEDの照明によって保管室内部は隈《くま》なく照らされていて、人が隠れたりする余地は全くありません。部屋の広さはせいぜい二間四方といったところです。

わたしは、いま、人の気配と言いましたが、人かどうかはともかく、何かがいる、物体ではなくて、動物でも植物でもいいですけど、とにかく生命を持っている何かが、とても強い存在感を誇示しているといった、そういう感じでしょうか」

「しかし、姿は見えない」

「ええ、室内は機械や装置、ラックが整然と組み込まれているだけで、具体的なものが見えるわけでもないのに、何かがいる気配だけが強く漲《みなぎ》っている……」

「声を掛けてみましたか？」

「いいえ、わたしは呆然《ぼうぜん》として、その場に突っ立って、ただ保管室内部を繰り返し見回していただけです。その気配は、いっこうに立ち去らないし、また動こうともしないいんです。わたしの前方に居すわっていて、わたしと対峙《たいじ》したまま、何かが起こるのを待っているという感じでしょうか」

「それが続いたのはどれくらいの時間でしたか？」

と黒木は体を少し斜めに傾げつつ、猿渡の方へ身を乗り出した。

「それがよく分からないんです。五分かせいぜい十分かもしれないし、ひょっとしたら二、三十分、その場に釘付《くぎづ》けになっていたかもしれません」

「そこでさらに何か変化が現れた？」

「いいえ、わたしが保管室から戻って来ないのでフィルポッツがミッドデッキ（居住区）からわたしを捜しに来て、背後から、ワッツ・アップ？　と大きな声を掛けてくれました。そこで夢から醒《さ》めたみたいな感じで、体がリラックスして、それまで金縛りのような状態だったことに気がつきました」

「とたんに、その気配は消え失《う》せた？」

「ええ。跡形もなく消えて、今度は何かがいなくなったという感じだけが残ってました」

「その後、何か類似の現象は起きましたか？」

「いいえ、何も。それだけです。あの保管室の中で、何かと出会って、心も体もバインドされた経験をしましたが、なんだか幽霊を見たような話ですから、宇宙ステーションの中でも、帰国してからもこのことを人に話したことはありません」

「しかし、そのことと関連付けて考えられる何かが、現在、あなたの身の上に起きているということですね」

「はい。この話は、単に地上四百キロメートル上空に設置された有人宇宙施設の中で神秘体験をしたというだけのことで、アポロ14号の宇宙飛行士のエドガー・ミッチェルがのちに語った神秘体験の、別のバージョンみたいな印象を受ける人もいるだろうと思います」

「その出来事と、いま起きていることとのつながりを説明して下さい」

†

――わたしは宇宙飛行士になる準備やトレーニングに青春を献《ささ》げて、まだ独身で、世《せ》田谷《たがや》区若林の家に母と二人で暮らしています。わたしは父を高校時代に亡くして、母にずっと支えられて来ました。大学受験から宇宙飛行士になる夢の実現へと、すべて母の献身的な努力のおかげで、うまくやって来られたと思っています。また母にとっても、わたしに尽くすことが、唯一の生き甲斐《がい》になっているようです。

宇宙飛行士になったわたしは、これまで二度、遺書を書いています。いずれも母宛《あて》です。

一九八六年のスペースシャトル「チャレンジャー号」の空中爆発や、二〇〇三年の「コロンビア号」の空中分解など、これまでいくつもの大きな事故がありました。安全性は高まったとはいえ、何が起きるか分かりません。訓練中の事故すらあります。ですから、最初は二〇一三年、NASAの訓練が始まった時に書きました。NASAから所定の用紙が渡されるのです。二度目は、二〇二〇年、今年のミッションが決まった時です。遺書は封をして、ミッションが無事に終了するまで、NASAで保管されます。わたしは、この二通を封をしたまま大切に保存してます、もちろん母には内緒ですが。


――NASAから日本に戻って三カ月たった頃、つまり今から三カ月前のことになります。ある日の夕方、リビングルームのソファにすわって報道番組を見ていたら、急に眩暈《めまい》がして、意識をはっきりさせようとしたんですが、何か映像で言うと、場面転換みたいな感じが起こって、でも周囲は変わらず、テレビでニュースキャスターが喋《しゃべ》っているのも同じなんです。そこへキッチンにいた母が部屋に入って来て、ソファにすわり、

「あんた、子供の頃お正月に高松に行った時、餡餅《あんもち》の入ったお雑煮食べたの覚えてる?」

と言いました。

母は四国、高松市屋島《やしま》の出身で、今はどうか知りませんが、わたしが子供の頃は、高松のお雑煮には餡が入ったお餅が使われてたんですね。母はよくそのように唐突に何かを言い出したりするんですけど、その時、わたしがどう答えたかはよく覚えていません。

その後、多少時間が経過して、自分が幻覚を見ていたことに気づき、珍しいこともあるものだと思い、大して気にも留めないでいたんです。

でも、その時点から三十分ぐらいたってから、母がキッチンから出て来て、

「あんた、子供の頃お正月に高松に行った時、餡餅の入ったお雑煮食べたの覚えてる？」

と訊《き》いたんです。

わたしは、三十分前に見た幻覚が、現実に再現されていることに気づいて、かなり動揺しました。

シンクロニシティ、意味ある偶然の一致という言葉は知っていましたが、偶然見た幻覚と同じことがその後に起こってしまったのか、あるいは現実を先取りして幻覚が現れたのか、どちらなのか、その時は判断のしようがありませんでした。

それから一週間後の金曜日、夕方の六時半頃でした。わたしは普段はつくばのＪＡＸＡに週四日、「つくばエクスプレス」で通っているのですが、この日は調布にあるＪＡＸＡの本社での会議に出席しての帰り、レザーのリュックサックを買うことを思いつき、新宿で途中下車して、伊勢丹に向かって新宿通りの右側の歩道を歩いていました。わたしはうっかりして、伊勢丹の正面入口に近い信号のある横断歩道を通り過ぎ、新宿三丁目の交差点まで来てしまいました。すると、明治通りを原宿方向から走って来た若い男性の乗ったバイクが、交差点の手前でタクシーと接触し、男性は転倒してガードレールに体をぶつけました。たちまち人だかりができて、斜め向かいの交番からお巡《まわ》りさんが飛び出して来るのを目撃したんですが、じつは、わたしはその光景を調布から乗った京

王線の快速電車の中ですでに見ていたんです。

　座席にすわった状態で、中吊《なかづ》り広告を見上げていたところ、眩暈に襲われ、続けて、若い男性がバイクの傍らに倒れているシーンが現れました。周囲の風景がはっきりしないうえ、アップで見ている映像だったので、場所がどこなのか、電車の中の時点では特定できませんでした。その白昼夢を見たのと、出来事が実際に起きたのと、時間差は一時間くらいでしょうか。


「最初の頃は三十分くらいだったわけですね。今度は少し長くなっていた？」

　と黒木は問いを挟んだ。

「ええ、その後も繰り返しこうした現象は起きたんですが、このタイム・ラグは、全くまちまちなんです。例えば先月半ば、道路に白い粉末みたいなものが点々と落ちている映像を見ました。でも、それが現実のものとして、目の前に現れたのは五日後のことでした。規則性がなくて、短いと三十分くらい、最長で五日といった具合です。また、これが起こる頻度は平均すると週に一回くらいですが、二、三日に一回のこともあるし、十日くらい間の空くこともあります」

「その白い粉末は何だったの？」

「鳩《はと》の糞《ふん》が、つくばのＪＡＸＡ構内の桜並木沿いに一定の間隔で落ちていたんです。

どんな映像を見るかということに、何か特別な意味が込められているかどうか、これまで三カ月間に十回以上こうした現象が起こりましたが、内容の関連性は全くなくて、何のために事前にこうした映像を見せられてしまうのか、説明がつかないと昨夜まで思ってました」

「昨夜まで？」

「ええ、そのことはあとでご説明します。

映像が現れる状態について補足しておきたいんですが、そこには共通の特徴があって、わたしが活動している時は決して現れないんです。たいていはすわって静止状態にいる時に起こります。そして、わたしに関係のない事象が現れることはなくて、例えば沖縄で事件か何かが起きて、その映像を見るといったことは一度もありませんでした。必ずわたし自身に関わる何かが予知夢のようなかたちで、眩暈とともに現れます。

いつか美しい砂漠の風景が見えたことがあって、いくらなんでも砂漠に行くことはないだろうと思っていたら、数日後に同僚が貸してくれた映画、ベルトルッチの『シェルタリング・スカイ』という作品ですけど、その映画の中に砂漠の遠景が繰り返し現れて、なるほどと納得しました。登場人物の一人が、Ｔ・Ｅ・ロレンスが、なぜ砂漠に魅せられるのかと問われて、砂漠は清潔だから、と答えたと語ったりする、面白い映画でしたけど」

「話は戻りますが……」

と黒木は言葉を挟む。

「こうした一種の超能力のようなものが身についてしまったのは、『きぼう』の中で何かに出会ったせいじゃないかと考えているんですね」

「はい。それ以外に、突然こうした現象が起きてしまう理由は考えられません。ちょっと調べてみたんですが、海外の著名な超能力者には、例えば、左官屋さんが高い壁に梯《はし》子《ご》を掛けて仕事をしていて、落ちて頭を強く打ち、意識を取り戻した時に不思議な能力を獲得していたというようなこと……」

「ピーター・フルコスという男でしょう。シャロン・テート事件の犯人像を透視して話題になった。昔、日本にも来て、モーニング・ショウに出演したりしたんじゃなかったかな。日本にも、千里眼と呼ばれた女性がいたりしたけど」

「……ただし、わたしの場合は超能力とは関係ないと思います。超能力者は、自分の意志で、能力をコントロールして透視したり、予知、予見したり、様々なパフォーマンスをしてみせるわけですが、わたしは映像がいつ現れるか、まるで予測できないし、それが現実に目の前に現れるのがいつかも知りません。むしろ誰かに外側から振り回されている、コントロールされているみたいな感じで、決して愉快な経験とは言えませんね」

　黒木は、またしてもシガーレストの上に置いた火の消えたシガーを見やった。無性に煙草《たばこ》が吸いたくなったのだ。

彼は落ち着かない気持になり、冷静さを取り戻そうと椅子の上で身じろぎして、深くすわり直した。

「私のところに来たのは、第三者が話を聞いたら妄想と取られかねないものを抱えて生きているあなたが、果たして正気なのか、あるいは精神を病んでいるためこうしたことが起こっているのか、知りたくなったためでしょう?」

「そうです。先生は先程からわたしの話をお聞きになって、どう思われますか? これは何かしらの精神疾患から起こる妄想でしょうか?」

「私は長年の経験から、あなたが精神を病んでいるのではないことを確信しています。私の専門で言いますと、例えば躁うつ病の患者が、自分がうつ病であるかどうかを疑うことはありませんから、自分の精神状態が正常かどうか疑いを抱いているあなたは健常者そのものです。

……ところで、申し訳ないが、さっき吸いかけたこのシガー、いまから吸ってもかまいませんか? それほど煙をふかさないように気をつけますから」

「どうぞ。じつはわたしもときたまですが、母に隠れて、こっそりシガレットを吸うことがあるんですよ。『ザ・ピース』を机の抽斗の奥に隠してます」

黒木は相好《そうごう》を崩して、再びシガーに火を点けて、ゆっくり吸い始めた。

「わたしが異常な精神状態でないとすると、こうしたへんてこな現象が起こることについてはどうお考えですか？」

「あなたが事前に何かの映像を見る。それが何日かおいて現実のものとして現れるというのは、いずれもあなたの中だけで自己完結している事柄ですね。客観的に検証することはできないわけですから、私としては信じるとか信じないとか、いずれとも言えないんだけれども、先程、昨夜云々とおっしゃった、つまり昨夜、またそうした幻覚が現れたんですね」

「ええ、それがまだ現実に起こっていないので、あらかじめ今、先生にお話ししておけば、実際にそれが起こった時に、わたしが本当のことを言っていることが分かるのではないかと……」

「それは、私にも分かるというかたちで起こるということですか？」

「はい。わたしが昨夜見た映像が実際に起こると、目撃者が必ず現れるはずですから、その方たちの客観的な証言が得られれば、あるいは新聞やテレビで報道されれば、わたしの妄想が事実であったことがお分かりいただけると思います」

――わたしは昨夜、書斎で机に向かって、「ナショナルジオグラフィック」の最新号を開いて、パプアニューギニア、ニューブリテン島の洞窟内を流れる地下河川の特集に目を奪われていたのですが、急に煙草が吸いたくなって、抽斗の奥から「ザ・ピース」の箱を取り出した時でした。急に眩暈に襲われて、ぼんやりと、今度は何が見えるのだろうと暢気《のんき》にかまえていたとたん、わたしの背後で炎が燃え広がっていることに気づきました。場所は分かりませんが、火事が起きている。わたしは何かの下敷きになっていて、額に手をやると、血が指先に付いています。

わたしが必死に体を動かそうとすると、不意に誰かがしきりに耳許で何か語りかけてきます。何と言っているのか聞き取れないんですが、繰り返し同じことを話しているようでした。わたしはどうやら室内にいるらしく、幾人かが廊下を走る音が聞こえて、女性が甲高い叫び声を上げている。同時に、遠くから消防車や救急車のサイレンの音が響いてきました。

黒木は、シガーをせわしなくふかし始めた。すぐに彼は、呼吸が速くなっていることを自覚し、シガーをいったんシガーレストに置いて、

「幻覚はそこまでですか？」

と訊いた。

由紀子がうなずくと、大きな溜《た》め息を吐《つ》いて、

「お手数ですが、明日、もう一度来院してもらえませんか」

と言ってシガーに手を伸ばした。

「速記者を用意しますから、とりあえず文書のかたちで記録を残しておきましょう。実

に興味深いケースなんで。音声を録音しておいてもいいが、あなたと私以外の第三者に、直《じか》に話を聞いてもらったほうがいいような気がします」

「これまでとは違う幻覚ですから、何か危険な状況に巻き込まれそうで不安なんです。今夜にも起こるかもしれませんし」

「こうした予知夢のようなものが暗示しているのは、近未来に起こる出来事ですね。それが何であれ、あなたが事前に察知できたのだとしたら、そうした事態が起こらないよう、あらかじめ予防手段を講ずることができるかもしれませんよ」

由紀子は小首を傾げて、

「現実がどのように未来に繋《つな》がって行くのか、自分では予測がつかないような気がします。出来事の契機が何なのか、それさえ分かれば、何か良い方法が見つかる……」

黒木は、鉄道時計で時刻を確認した。針はちょうど六時を指している。彼は声の調子を変えて、

「私の愛読書の一冊が、あなたのうしろの書棚にありますが、グレゴリー・ベイトソンの『精神と自然』はお読みになりました？」

「ええ、学生時代に」

「ベイトソンは、一寸先は闇といわれるように、科学的方法では現実の変化は予測できないと言っていますね。

また、私たちが知覚したと思うものは、脳が作り上げたイメージだとも。そのイメージは、無意識の中で形成されたもので、無意識の中には多種多様な前提が組み込まれているが、その内実は分かりようがない。

私は、昔から、どういう過程を経てイメージが形成されるのか、何の目的で、ということを考えつづけてますが、いまだに謎ですね」

「情報がイメージというインターフェイスを通して受け渡されるのは、それが便利というか、経済的だからでしょうか」

「出来上がったイメージとして意識に提示されるほうが、環境に適応するという点では合理的ですね。

先程のあなたの話のような幻覚や夢、直観が意識の中に投影される時、感覚器官を通さないでオートマチックに展開されるわけだから、そのイメージが表象しているものが、実際に現実の中で起こるかもしれないと考え始めるのは自然でしょうね。そのイメージの真偽を疑いにくいというか……。

独身の男性が、ある女性の夢を何度も見る、すると彼はその女性を現実の中で探して、見つけ出そうとするというように」

由紀子の鋭敏な聴覚は、遠くからドロドロというドラム・ロールのような音が近づいて来るのを捉えた。

「あなたの場合は、外側から誰かが具体的なイメージを脳内に送り込んでいるように見えるのがユニーク……」

黒木がそう言い終わらないうちに、部屋全体が小刻みに揺れ始め、三、四秒後、ゴォーッという音と共に病院の地下深くから突き上げて来る強烈な縦揺れが二人に襲いかかった。窓ガラスにピシ、ピシッと亀裂が走ってゆく。

由紀子は反射的に立ち上がったが、床が大きく波打って、体を支え切れず、椅子の肘《ひじ》掛《か》けを両手で摑《つか》んだ。黒木は、椅子から数十センチ飛び上がり、再び椅子にすわり直そうとして、そのまま椅子ごと背後に倒れ、後頭部を壁にしたたか打ちつけて意識を失った。持っていたシガーが手から離れ、カーテンの裾まで転がった。

次の瞬間、ドーンッという音がして、さらに大きな突き上げが来た。由紀子は床に放り出された。壁の両側の大きな本棚からパラパラと本が飛び出し、パーティションや鉢植えのベンジャミンが倒れ、天井の蛍光灯、窓の上のエア・コンディショナーが落下する。

由紀子は何とか立ち上がろうと、揺れる床に両手をついた。その時、本棚が倒れかかって来た。

由紀子は、咄嗟《とっさ》に椅子の足を摑んで引き寄せたが、重いスチールの本棚は椅子を押し倒し、彼女の背中を強打した。床は変わらず波打っている。薄れゆく彼女の視界に、シガーの火がカーテンの裾に燃え移り、またたくまに燃え上がった炎が天井へと駆け上がるのが、スローモーション映像のように映し出された。

額に手をやると指先に血が付いている。

その時、耳許で声がした。

「あなたは孤独を怖《おそ》れない。わたしなしで生きていける」

由紀子は、その声が母の声であることに気づいた。

最近の母親は股関節に支障を来して、思うように歩けない。あれほど尽くしてくれて、彼女の夢を実現させてくれた母親だが、今はもう外出することができず、ほとんど家に籠り切りで、由紀子がいない時は、食事は宅配サービスに頼るようになっていた。

これは間違いなく母の声だ、と由紀子は確信した。……母はもう生きていない。その母が、冥界からわたしにそう呼びかけ、励ましてくれている……。

「あなたは孤独を怖れない。わたしなしで生きていける」

彼女は背中の痛みに堪えて、下敷きになった本棚の隙間から這《は》い出し、匍匐《ほふく》前進してドアまで辿《たど》り着き、ドアノブに手を伸ばした。

廊下を人が走り、甲高い女性の叫び声がいくつも上がっている。遠くで消防車や救急車のサイレンが鳴り響き、病院の上空にヘリの羽音が近づいて来た。

月も隈《くま》なきは

奥本さんがいる。

二〇一〇年四月中旬、爽やかに晴れたある日、奥本さんはいつものようにログハウスの前で立ち止まり、テラスのベンチで小休止することにした。退職記念に貰《もら》った鉄道時計をジーンズのポケットから取り出す。針は九時を指している。

彼は小田急線相模大野《さがみおおの》駅から二つめの相武台前《そうぶだいまえ》駅で降り、駅南口から十五分かけて県立座間谷戸山《ざまやとやま》公園まで歩き、東入口広場から散策を開始して、「クヌギ・コナラ観察林」、「伝説の丘（本堂山）」、「水鳥の池」、「湿生生態園」を経て、「里山体験館」、「シラカシ観察林」、「野鳥の原っぱ」と、公園の順路を辿《たど》り、ここログハウスの前に至った。

公園は呼称の通り、谷戸と丘陵で形成された古くからの里山の風情をほぼ完全な形で保存している。初めてここを訪ねようと思い立った折、ネットで検索すると、「小田急線相武台前駅または座間駅から徒歩10〜15分」とあり、地図を見ても、二つの駅のほぼ中間点、小田急線の南側に大きく広がっている。相武台前駅南口を出て、線路の左側に沿って座間駅方向に歩いて行けば、「市役所谷戸山公園前」を通るバス通りと出会うはずだ。

初日、奥本さんはこうして南口から出発して座間谷戸山公園を目指したのだったが、いきなり迷ってしまった。線路沿いの道を百メートルほど進むと二手に分かれ、右は踏切りとなって北口の方へ、左手はというと、立て込んだ住宅街の中へ消えている。踏切りを渡ったら何のために南口を選んだのか分からない。奥本さんは躊躇《ためら》うことなく左へ曲ったのだが、道はたちまち枝分かれして入り組み、バス通りの方向を見失った。簡単に行き着けると考えていたから少し焦った。通りすがりの人に訊《き》いてみようとするが、なかなかタイミングが摑《つか》めない。それにできるだけ人相のいい人物を選びたい。四人が彼の横を通り過ぎて行った。五人目はどんな人相だろうが関係なく声を掛けるぞ、と奥本さんは決心する。

コンクリート・ブロック塀の角を曲って、若い小柄な女性が現れた。ブック・バンドで束ねた書籍を小脇《こわき》に抱えている。奥本さんは前方五、六メートルのところで声を掛けたのだが、女性は一顧だにせず行き過ぎようとする。警戒されたかなと思いつつ、彼はもう一度少しトーンを上げて「すみませんが」と言った。

女性は立ち止まって両の耳から慌ててイヤホンを外して、「ハイ」と答えた。座間谷戸山公園への道を訊《たず》ねると、バス通りまでの道順を分かりやすく教えてくれた上で、「南口より、北口から駅前のバス通りを来るのが便利です。大きな踏切りを渡りますが」と付け加えた。

礼を述べて歩き始めると、「お気をつけて」という若々しい声が追いかけて来て、奥本さんは何だか素晴しい贈物を貰ったような気分になった。彼には娘が一人いる。――麻美《あさみ》より四、五歳若いな、大学かな、専門学校かな、それとも……、などと想像しながら、軽快な足取りで公園東入口に到着した。

そのことがあって以来、奥本さんは〝駅南口派〟になった。イヤホンの女性と再会を期してのことではなく、「お気をつけて」という声が響いた、住宅街の中の細い曲りくねった道を行くのが楽しいのである。

今日は木曜日で、アルバイトは休みだから、このあと相模大野まで戻り、駅に隣接するショッピング・センターの「ボーノ相模大野」の六階にある中華料理屋で朝食兼昼食を摂《と》り、バスで帰宅する予定だ。

それぞれ鳴き方も音色も違ういくつもの小鳥の囀《さえず》りが聞こえる。知っているのはウグイスとヒバリぐらいで、姿の見えない彼らの声を聞き分けられればもっと楽しいだろうにと奥本さんはいつも思う。

クロアゲハを見かけて、奥本さんはログハウスのテラスのベンチから立ち上がり、「チョウ道」をしばらく目で追う。クロアゲハは途中で、どこからともなく現れた二羽のモンシロチョウと合流して樹間に消えていった。奥本さんはその先にじっと目を凝らして、「木下闇《こしたやみ》」という夏の季語を思い出していた。

最近、新百合《しんゆり》ヶ丘《がおか》の自宅付近では、蝶《ちょう》やトンボを見かけることがほとんどない。さっきのクロアゲハは、帰路の先にある「昆虫の森」から飛来したのか。

彼はログハウスを離れて、「スギ・ヒノキ観察林」を目指す。途中、森の斜面に付けられた杣道《そまみち》のような道筋の片側は「カントリーヘッジ」と呼ばれる枯枝や枯葉、樹皮などの堆積物で縁取られている。

「カントリーヘッジを壊さないで下さい」と注意書がある。

「この堆積物は、小動物の産卵場、隠《かく》れ処《が》、エサ場や冬越しの場として大切な役割を持つもので、カントリーヘッジといいます」

カントリーヘッジか、と奥本さんはつぶやく。彼の心に、何かに共鳴して微《かす》かに顫《ふる》えるものがあった。

「スギ・ヒノキ観察林」に差しかかると足を止め、木立の中に分け入って、お気に入りのヒノキの巨木を見上げ、枝の上に咲く赤っぽい小さな花を見つめる。

藤枝静男《ふじえだしずお》の小説『欣求浄土《ごんぐじょうど》』に、「古い大きな木の方が、なまなかの人間よりよっぽどチャンとした思想を持っている」という一節があった。小説の主人公が見上げていたのは、樹齢一千余年のナギという木だったが、奥本さんはナギを見たことがない。彼はいまヒノキの巨木に向かって、「あなたのお齢《とし》は?」と問いかけてみたい気持になる。

順路に戻ると、彼とは逆の方向から歩いて来た外国人と日本人のカップルとすれ違う。男性は座間の米軍基地に勤務しているのか、軍人には見えない細身の優男《やさおとこ》で、女性は時折一人で散歩していて、顔を合わせるとにこやかな笑顔で挨拶する。

遠ざかるカップルの英語を背中で聞きながら、彼は「森の学校」の前を通り、先刻入って来た東入口広場に向かう。道の右手に市立図書館があるが、これまで覗《のぞ》いてみたことはない。

†

奥本さんは昨年（二〇〇九）一月、六十歳で出版社を定年退職し、一年と三カ月が経過した。

彼は昭和二十四年（一九四九）、杉並区松庵《しょうあん》で生まれ、〝団塊の世代〟に属する。世《せ》田谷《たがや》区にあるS学園に、付属の初等学校から大学まで通った。

大手出版社に就職して、最初に配属されたのは、女性週刊誌の編集部だった。芸能人のスキャンダル、嫁姑《よめしゅうと》問題、恋愛のハウ・ツーなど、彼の苦手なテーマばかりを記事にする雑誌で、結局四年後、営業局の宣伝部に異動となり、主に書籍の新聞広告と電車の中吊《なかづ》りの製作に携わった。宣伝部には十五年いたが、その間、三十一歳で民放ラジオ局のアナウンサーと見合い結婚、三十五歳の時に生まれた女の子は、大学の農学部を卒業して、現在、京橋に本社がある食品会社に勤めている。

四十一歳の時、宣伝部から編集総務部へ、五十歳の時、人事部に移り、二〇〇九年の初めに、三十八年のサラリーマン生活を終えた。同期を見渡すと、定年まで勤め上げたのは十二人で、三人が亡くなっている。一人は事故死、二人は月刊誌、週刊誌の締切りに追われ続け、突然病魔に襲われて倒れたと聞いた。

彼は夏、冬とも有給休暇を目一杯取って、妻と国内、海外旅行を楽しんだ。現在の健康状態は、悪玉コレステロール値がやや高めなくらいで、何の問題もない。退職の日、社長室で感謝状を受け取る際、頭に浮かんだのは、「無事これ名馬」という言葉だった。

彼は新入社員だった時、勧誘されて、社の山岳部に入部した。初めての山行《さんこう》は、長野駅前から戸隠《とがくし》行きのバスに乗って登山口まで行った飯縄《いいづな》山で、とても登りやすかったことを今でも覚えている。宣伝部に異動の年、夜行一泊二日で、戸隠山から高妻山《たかつまやま》へと縦走した。当時経理部にいた中年社員が部長で、部員五人が参加した。二日目の午後、高妻山の頂上から北アルプス、妙高連峰、上信越国境を見渡して下山する途中、ある峠から見える山影《さんえい》が何という名称の山か議論が始まり、それは帰りの車中まで延々と続いた。

彼は内心うんざりし、個性の強い連中をコントロールできるリーダーの不在を痛感させられ、それがきっかけで次第に登山から遠ざかることになった。

三十代半ばに、社の講堂で、時の将棋名人が将棋部の面々と同時対局する催しが行われたのを偶然目にし、将棋の世界にのめり込む。

営業局の腕自慢の胸を借りて実戦経験を積み、定跡や手筋の研究を怠らず、通勤電車の中では詰将棋の問題を解き、休日にはタイトル戦の棋譜を並べるという熱中ぶりだったが、将棋部には入らず、級や段を取ろうとはしなかった。

ある時、社内で最強と目されるベテラン編集者が、奥本さんの噂《うわさ》を聞きつけたらしく、手合せしないかと電話してきた。奥本さんは編集部に出向いて、昼休みが始まる十二時ジャストに対局をスタート、序盤は編集者が優勢に見えたが、十二時四十五分を過ぎたあたりで形勢が逆転した。するとその編集者は、考えるふりをしながら時間を気にし始め、一向に次の手を指そうとしない。彼は一時になるまで粘って、昼休みが終わったところで、

「仕方ない、じゃあ勝負は預りということで……」

と駒を片付け始めた。奥本さんは卑怯《ひきよう》なやつだと思ったが、無言でその場を立ち去った。その後、再戦しようと言われたことはない。

将棋には、関連本を読む楽しみもある。彼が読んだ中でベスト3を挙げるとすれば、まず升田幸三《ますだこうぞう》の『名人に香車《きようしや》を引いた男』、山田道美《やまだみちよし》の『日記』、団鬼六《だんおにろく》の『真剣師

小池重明《こいけじゆうめい》』だろうか。山口瞳《やまぐちひとみ》の『血涙十番勝負』や、若島正《わかしまただし》の『盤上のパラダイス詰将棋マニアのおかしな世界』を付け加えてもいい。

彼は、四十代半ばから、将棋は週末、JR町田駅近くの道場で指すようになり、ウィークデーには、地元のスポーツクラブでストレッチやウェイト・トレーニング、ランニングをして汗を流した。常連になった酒場やバーは、四谷三丁目と神楽坂《かぐらざか》の二軒だけで、退職時まで変わらなかった。

彼は結婚するまでは、実家にいて両親と同居していたが、結婚後は世田谷区代田の賃貸マンションに移り住み、その後新百合ヶ丘の王禅寺《おうぜんじ》で、三井不動産が売り出した分譲住宅を購入、二十年のローンを組んで新居を構えた。小さな庭の付いた戸建ての二階家だが、家も環境もすっかり気に入っていて、今後ここから動くつもりはない。

妻の左映子《さえこ》は民放ラジオ局を退職後、前歴を生かしてかつての同僚と二人で「朗読の会」を主宰、新百合ヶ丘駅近くのカルチャー・センターで、週二回、主婦を対象に教室を開いている。会は盛況で、受講生は三十人を超える。

また、親を亡くしたり、虐待されたり、捨てられたりした子供たちを収容する児童福祉施設を訪れ、ボランティア活動も続けている。

娘の麻美は母に倣ってか、アフリカの飢餓線上にある国へ食糧支援するNPOに所属し、自社の食品も含めて、無償供与の援助物資を集めるために奔走している。

彼は妻と娘を頼もしく思うものの、自身は退職後、こうした社会活動に参加していない。

毎日が日曜日となった奥本さんの日常は、おおよそ以下のようであった。

朝食を済ませると、家を出て二十〜三十分、ジョギングしたのち、自室に籠り、読書をする。小説は敬遠し、ノンフィクションや歴史書を中心に、政治、経済から語学本まで幅広く読む。

先週は千野栄一《ちのえいいち》の『外国語上達法』を読み終わり、今週は司馬遼太郎の『阿波紀行、紀ノ川流域　街道をゆく32』という具合で、現役の時買い溜《だ》めしたまま未読の本が、机の脇に山積みになっている。

昼食後、テレビのニュース番組を見たのち、週に二、三回、午後の早い時間にスポーツクラブに出かける。夕方以降の混雑を避けるためで、体を動かしたのち、必ず大浴場の露天風呂に浸《つ》かる。妻は週に三回、午後外出するため、二人して通うことはめったにない。

会社を辞めてから、奥本さんが新たに始めたことが二つある。一つは、半月に一回程度だが、小型のリュックに、ガイドブック、メモ帳とボールペン、財布、着替えのアンダーシャツ、折りたたみ式の傘、シガレットケース等を入れ、トレッキング・シューズを履いて、街歩きに向かうことである。

煙草は二十年前にやめたが、昨年フィルター付きの紙巻煙草が簡単に作れる器具を通販のカタログで見つけ、早速購入して、街歩きする前に詰めたものを二、三本、持ち歩くようにしている。妻に対する言い訳は、

「多少は、体に悪いことをしないと……」

だった。

煙草の葉は、専門店で奨《すす》められた「ロウ　クラシック」の三十グラム入りがお気に入りで、これまでのところ他の銘柄に浮気したことはない。実際に吸うのは、都内や横浜市内の街路を歩き終わって、老舗《しにせ》の居酒屋で生ビールを飲んだ後、といった状況だけに限られ、普段の生活の中で喫煙することはなかった。

初めて都内を漫《そぞ》ろ歩きした時、奥本さんがリュックに入れていた雑誌は、「散歩の達人」の「神田・神保町」特集号である。

まず総武線水道橋駅から歩き始めて、「アテネ・フランセ」に立ち寄り、新学期のフランス語講座をライン・アップしたチラシを貰った。駿河台のプラタナスの並木道を歩くうち、ビルの地下一階にブック・カフェを見つけ、ノーベル賞授賞式の晩餐会《ばんさんかい》で供されたという曰《いわ》く付きの紅茶を飲んで、御茶ノ水駅近くのレコード屋でジャズの棚をチェック、神田川沿いの坂道を下って万世橋を渡り、秋葉原駅近くまで歩くうち、偶然、

「AKB48 THEATER」の前を通りかかった。雑誌掲載のマップを見ると、千代田区外神田四丁目とある。

「会いに行けるアイドル……か」

彼はファンの少年たちが、開場を待ち兼ねて集まって来る様子をしばらく眺めてから、万世橋を引き返して地下鉄淡路町と小川町の駅から近い大衆酒場「みますや」に足を向けた。

縄暖簾《なわのれん》を潜《くぐ》って店内に入り、黒光りする壁や天井を見回しながら、「白鷹《はくたか》」の燗酒と牛筋の煮込みをオーダーし、リュックから徐《おもむろ》にシガレットケースを取り出した。

会社を辞めてから新たに始めたことのもう一つは、戦後から昭和末期にかけて製作された邦画DVDを観《み》ることである。若い頃から洋画ファンだったが、退職するとなぜか「日本回帰」してしまい、つい最近も東映の「仁義なき戦い」全五作を観終わったばかりである。それに続いてTSUTAYAで借りたのは、東宝の「兄貴の恋人」と日活の「㊙色情めす市場」の二枚だった。

外出するのは街歩きだけではない。学生時代の友人やかつての同僚と会うため、都内へ出かけることがあるし、毎週末、土日のいずれか一日、町田の将棋道場を訪れて、アマ二、三段クラスと対局するのも楽しみの一つである。その日は、午後一時過ぎに小田急線町田駅の南口改札を出ると、とりあえず「宮越屋《みやこしや》珈琲《コーヒー》」に入り、アイス・ティーと焼チョコ・トースト、あるいはビーフ・ホットドッグを注文する。一時間前後気持を整えて、頭を戦闘モードに切り替え、気力が湧いてきたところで道場に臨む。

奥本さんは、傍目《はため》には悠々自適の生活を送っているように見えるが、彼には妻と娘に対する隠し事が一つある。彼はそのことを退職金を受け取る直前から具体的に考え始め、現在に至るまでさんざん検討を重ねた挙句《あげく》、いまだに実行するかどうか、気持が定まっていない。

彼は、一度でいいから「〝独り暮らし〟をしてみたい、誰も知らない場所で」、という密《ひそ》かな想いを抱き続けているのである。

†

奥本さんが、退職金の69%を企業年金の原資として、残額の31%を銀行口座に振込んでもらう手続きを終えた時、組合事務局から電話が掛かってきた。

彼が三十八年間、毎月払い続けてきた組合費の一部が積み立てられており、定年を迎える際に還付されるという知らせである。

彼はそのことを知らず、何も期待していなかったのだが、金額が七十七万六千円だと聞かされ驚いた。彼は、ボーナス時に「今期特別」として現金支給される中から、十万円前後を自宅抽斗《ひきだし》の中に貯《た》め込んでいたが、その残高は五十五万五千円で、この予期しない臨時収入と合算すると、百三十三万一千円になる。

目下のところ、とりあえず手に入れたい高額商品など何も思いつかない。だから最初は、遣い道はそのうち考えることにしてと思ったのだが、そのうち、これまで漠然と夢想していたものの、本気で実現させようとは考えなかったある試み、「〝独り暮らし〟をしてみたい、誰も知らない場所で」が、意識の表面《おもて》に急浮上してきたのである。

実際これまで奥本さんは、独り暮らしした経験が一度もない。しかし、だから試してみたいというわけでもない。

彼はこれまで、家族、友人、職場の同僚と波風立てないよう、うまく歩調を合わせて生きてきた。清潔で秩序正しく健全な生活を送ることを大切に考え、その裏付けとなる経済力にも恵まれていた。

その彼がなぜ、六十歳にもなって謀叛《むほん》気を起こそうとするのか。その理由を退職した日から十四カ月間、様々な角度から考察してみた。その結果、自分にはそうしてみたい何か根深い衝動があるのだが、それが何を背景にしているのかは、うまく説明できないことが判明した。

奥本さんは、旅に出たいのではない。旅行するなら、妻と一緒に行きたいと思う。妻や娘と暮らすのに嫌気が差したのでもない、せいぜい数カ月間、〝独り暮らし〟をして、また何喰《く》わぬ顔をして戻って来て、これまでと同じように生活したいと思っているくらいだから。

獅子文六の新聞小説『自由学校』の主人公（南村五百助《いおすけ》）のように、勤務先を無断で辞めて、妻に「出ていけ！」と一喝《いっかつ》されて（「すばらしい、大音声《だいおんじょう》だった」と作者は書いている）家出人となる男など、論外もいいところである。そもそも彼は、この企てを家出とは考えていない。まして、吉田兼好の出家遁世《とんせい》や中国の老荘風の隠遁などの、俗世の汚濁を逃れるといった趣は些《いささ》かもない。

かつて彼が、深い共感を覚えた漫画がある。「ねじ式」を読んで以来ファンになったつげ義春の作品集、『必殺するめ固め』に収録されている短篇「退屈な部屋」である。作者自身と思《おぼ》しき主人公は、「妻に内緒で部屋を借りている」。それは自宅から自転車で通える（十分ほど！）距離にあり、「秘密の穴ぐらのようなふんい気なので気に入っている」。しかし、その隠れ処は、借りてから僅か半月後に妻に見つかってしまい、妻はそこを別荘に見立てて、日用品や家具を持ち込んだ挙句、主人公の母親まで連れて来てしまう。

つげ義春が、想像を育み肉付けして作品に練り上げるための個室として、その場所を借りたようにも見えるのだが、アーチストでない奥本さんには、〝独り暮らし〟をして作り出したいものなど何もない。

彼がある日、妻と娘に〝独り暮らし〟してみたいと切り出すとしよう。すると、何が起きるか。

妻と娘は、事の意外さに目を丸くするだろう。次に、〝独り暮らし〟したい動機と目的を尋ねるのでは。しかし、奥本さん自身、二人が納得するような筋道を立てて説明するのは無理だと感じているのである。胸の中にモヤモヤしているものがあるのだが、それを払拭《ふっしょく》してスッキリした考えを提示できるのは、行動した後のような気がしてならない。だが、〝見る前に跳べ〟とか〝走ってから考える〟のは少しも奥本さんらしくないし、もう何を口にしても逃げ口上めいたものになりそうで、奥本さんの脳裡には、どうにもお手上げの状態に陥って沈黙してしまう自分の姿しか思い浮かばない。

それに彼は、「誰も知らない場所で」という付帯条件を、口にすることができないだろう。すると妻は、当然その場所は知らせてもらえると勝手に信じ込んで、

「分かった。じゃ時々、お掃除や洗濯しに行ったげる」

と言い出しかねない気がする。

娘は娘で、

「うちの新製品に、お一人様用のレトルト食品があるの。会社の帰りに届けてもいいわ」

などと言うかもしれない。

奥本さんは随分昔、俳人尾崎放哉《ほうさい》の評伝を読んだことがある。「一日物云はず　蝶の影さす」という句を今でも記憶しているが、このような孤独の中で生きたいと願っているかと問われれば、

「まさか」

と答える。彼は、〝独り暮らし〟してみるなら、時間潰しにアルバイトしてもいいとさえ思っているのである。

†

三月半ばのある雨の日、奥本さんは小田急線相模大野駅の中央改札口を出て、ステーションスクエアを通り抜け、高架になっている駅前広場からエスカレーターでコリドー街入口まで降りた。三日前、関東地方に雪が降り、相模大野一帯も珍しく雪化粧した。泥と排ガスで汚れた道路脇の雪の塊に、大粒の雨が無数の穴を穿《うが》っている。やがて右手に、目指す「ＲＯＯＭＰＩＡ」の看板が見えてきて、奥本さんは折りたたみ傘を閉じた。

彼は先月末、旧知の間柄の海老坂《えびざか》から電話を貰い、新宿三丁目の日本酒処「松の屋」で久し振りに会って互いの近況を交換し合うことになった。海老坂とは、奥本さんの会社が取次と書店の関係者を招いて催す新春恒例の懇親会で知り合って以来、十二年に及

ぶ付き合いである。

彼は大手書店悠朋堂の池袋店店長で、五年前に退職し、中央区勝どき六丁目にある会社でアルバイトをしているという。妻は、腎臓を患って彼の在職中から入退院を繰り返し、現在も自宅療養中とのことである。

奥本さんは辞めてからの一日の流れをざっと話した。海老坂は何度も頷《うなず》きながら耳を傾けたあと、軽く身を乗り出すと、

「奥本さん、もし働く気があるなら、いつでも俺のバイト先紹介するよ。この会社、何ていうか、昭和の雰囲気を残してる、俺なんかには何とも居心地のいい場所なんだよ」

海老坂の言葉が、ずっと考えてはいたが、決め兼ねていた、奥本さん〝独り暮らし〟計画の実行に火をつけた。彼はインターネットで不動産情報を検索し始めたのである。

週に何回かは勝どき六丁目まで通って、週末は町田の将棋道場に顔を出し、時には早朝、座間谷戸山公園を歩いてみたいとなると、住む場所はやはり小田急線沿線で、自宅のある新百合ヶ丘からそれほど遠くないところに限られる。それに彼は、「退屈な部屋」の主人公のように、自宅の近くで〝独り暮らし〟できればと考えてもいるのである。

検索してみた結果、アパートやマンションを数カ月単位で貸す不動産会社や大家は見つからず、ウィークリーマンションを借りる以外手はないことが分かった。ウィークリーだと、電化製品やベッド等の家具を揃《そろ》える必要がなく、契約時点から直ちに入居して

生活することができる。賃料の相場は、狛江《こまえ》で1Kが一日当り三千円、新百合ヶ丘で二千七百円、町田で二千三百円、相模大野だと千七百円から二千百円といったところだ。

奥本さんはまず土地勘のある町田を当ってみようと、町田駅北口から歩いて五、六分の、「お部屋探しはレオパレス21」の看板が出ている「レオパレス21」を訪れた。あらかじめ電話しておいたため、待機していた女性社員が、早速クルマで三件のウィークリーマンションに案内してくれた。しかし、建物の老朽化、家賃、周囲の環境、駅までの距離などの点から決め兼ねて、返事は二日後にすることにして、今日は相模大野まで足を延ばしてみたのである。

「ROOMPIA」では、物件のファイルをチェックしただけで店を出て、コリドー街を突き当りの伊勢丹に向かって歩く。すると右手に、焼鳥屋「ほがらか」と並んで、窓ガラスに足立不動産の文字が現れた。古くからの地元の店舗という雰囲気に釣られてドアを開けた。

奥本さんは足立不動産で、彼にとって都合の良い条件が揃ったウィークリーマンションを見つけた。

これまでの物件はどれも○○駅徒歩三分とか五分とか、駅への近さを強調していたが、奥本さんが気に入ったのは駅までの程良い遠さだった。相模大野駅徒歩三十分、バス十分。当然賃料も一日当り千六百円と安くなる。住所は麻溝《あさみぞ》台七丁目、八階建ての三階の

1Kで、近くに日産の部品センターと北里大学と病院がある。マンションのすぐそばを、途中で一部が緑道になっている横浜水道道《みち》が通っていて、この道を早足で歩けば十七、八分で相模大野駅に着く。神奈中の路線バスも走っているが、むしろマンションの借り手は北里大学病院や日産自動車の関係者が多いようで、バス利用の必要がない。

ウィークリーマンションの契約は通常、利用期間によって四つのタイプに分かれている。スーパーショート(～一カ月未満)、ショート(一カ月以上～三カ月未満)、ミドル(三カ月以上～七カ月未満)、ロング(七カ月以上～十二カ月未満)である。

奥本さんは物件まで案内されたあと、店に戻るとその場で、とりあえず「ショート・一カ月」分の賃料四万八千円に、契約手数料一万一千円と清掃費二万一千六百円(但しこれらは初回時のみ)、加えて一カ月分の光熱費一万五千円、管理費(共益費)一万二千円の合計十万七千六百円を払って、契約を結んだ。

彼は駅に向かう途中、町田の「レオパレス21」に電話を入れ、見て回った三件を申し訳ないがと断ることにした。

相模大野から帰りの電車に乗ると、奥本さんはお年玉で念願の買物をした子供のように浮き立つ心を抑え兼ねて、吊革を何度も握ったり放したりするうち、四、五年前、山手線の電車の中で漏れ聞いた女子中学生の会話を不意に思い出した。季節は初夏で、彼女らは、江ノ島へ行くプランを話し合っていたのだが、片方の女の子が、

「だったらスモウオオノのホームで待ち合わせればいいじゃん」

と言った。

奥本さんは一瞬戸惑い、すぐにそれが相模大野であることに気づいた。二人は小田急の本線から江ノ島線に乗り換えようという文脈で喋《しゃべ》っていたのだが、もう一人の子も、

「そうか、スモウオオノのホームね、分かった」

と応じて、コミュニケーションは何の問題もなく成立していたのだった。その時、奥本さんは、

「相模をスモウと読むとすると、武蔵はどう読むんだろ？」

と思ったことを覚えている。電車が新百合ヶ丘のホームに滑り込む。

†

時刻は、金曜日の午後二時を回っている。妻は「朗読の会」に出かけ、娘は京橋の会社で、二人のいない家は静かである。

奥本さんは、ローマで買ったトラサルディの大型旅行鞄に荷物を詰め終わったのち、中身を点検し直したところである。着替えのシャツやジーンズ、靴下などの衣類、タオル類やハンカチ、靴二足、小型のリュック、洗面道具や日用小物を収納したビニール・

バッグを確認して、次にビニール・シートでコーティングした大きめの手提げの紙袋に、ノートパソコン、CDプレーヤーとCD、目覚まし時計、紙巻煙草製造器一式、それに書棚の「ドストエーフスキイ全集」（米川正夫個人訳　河出書房新社）から『カラマーゾフの兄弟』上・下二冊、「日本の文学」（中央公論社）から『夏目漱石（三）　道草　明暗』を抜き出して入れた。

彼はTシャツの上に釣用ヴェストを羽織っていて、左右の胸ポケットには財布と封筒が入っている。財布にはなにがしかの現金と健康保険証、クレジットカード、スポーツクラブやTSUTAYA、「大人の休日倶楽部」の会員証が、封筒には百十五万円のキャッシュが。彼が最後まで迷った末、結局置いていくことにしたのは携帯電話だった。

彼は便箋にボールペンで、

「旅に出る。二〜三カ月後に帰宅するので、心配無用。徹」

とだけ書いて、ダイニングテーブルの真ん中に置いた。「一筆啓上　火の用心お仙泣かすな馬肥やせ」ふうの、シンプルでもっと気の利いたものをと考えたのだが思いつかなかった。

彼は、妻と娘が、彼が悪事を働くため、愛人と同棲するため、自死するためといった理由で家を出たとは決して考えないことを確信していた。では何のために、という彼女らの問いには答えようがないので、こんなメモを置き手紙代わりにする破目になったが、とにかくこの件についてはこれ以上考えない、とりあえず忘れることにして、タクシーを呼び、新百合ヶ丘駅へ向かった。

奥本さんは部屋に入ると、手にした荷物を床に下ろして、大きく息を吐いた。それから一直線に歩いてカーテンを、続いてガラス窓を一杯に開いた。外部と扉口の間に風の道ができて、カーテンが舞い上がった。

窓の向こうは歩道のない一車線の道路を挟んで大きなスレート屋根を戴いたコンクリートの建物で、どうやら日産の相模原部品センターの倉庫の一棟のようだ。建物の壁の上部には、いくつもの小さな窓が一定の間隔を置いて銃眼のように開いている。

奥本さんは、文芸編集者に教わって読んだ、ポール・オースターの『幽霊たち』に登場する探偵ブルーの部屋を思い出した。彼の部屋も確か三階のワンルームで、通りの向こうの建物のやはり三階に住むブラックを窓から見張るのだ。しかし、奥本さんにはそんな任務も見張る対象もない。なにしろ向こうは殺風景この上ない倉庫の壁なのだから。

奥本さんは窓を離れ、〝独り暮らし〟の準備に取りかかった。

最初の夜は、やはり興奮してあまりよく眠れなかった。明け方、夢を見たのだが、中身は忘れてしまい、奇妙な落ち着かない気分だけが残った。

奥本さんの新しい生活が始まった。

彼は月、水、金の週三日働くことに決め、仕事の日は午前六時過ぎに起床する。野菜ジュースとカロリーメイトの朝食を摂り、マンションを出て、横浜水道道を駅に向かって歩く。途中の緑道ではコデマリの花が満開だ。麻溝台停留所からバスに乗ることもある。相模大野駅七時十二分発のロマンスカーに乗り、代々木上原で千代田線に、日比谷で日比谷線に乗り換え、約一時間で築地に着く。彼がロマンスカーにしか乗らないのは、通勤途上の娘との遭遇を避けるためだった。通常ロマンスカーは新百合ヶ丘駅には停まらない。早朝とは言え、妻とだって出会《でくわ》す可能性もある。

書店の元店長海老坂が紹介してくれたのは、海上貨物の集荷や輸送、船舶代理店業務を主とする大手物流会社の系列の子会社で、社員は約百人ほどの規模だった。電動自転車を使用して、迅速性を要求される輸出入関連の書類の配達や受け取りを行うのがアルバイトの業務内容だ。要員はすべて男性で、奥本さんを入れて総勢九人、うち一人だけ四十代だが、その人物以外は定年退職者で占められている。勤務時間は、午前八時四十五分から午後五時三十五分までで、昼の休憩時間は四十五分。年配者が多いせいか、アルバイトの出勤時間は早く、午前八時過ぎには全員が顔を揃えて、店長と呼ばれる海老坂がめいめいの分担を決め、書類の仕分けをしたり、仕事を八時四十五分にスタートできるよう下準備を整える。

これを済ませておくと、午前中の仕事はおよそ十一時半過ぎに終わる。全員帰社したところを見計らって、ビル六階にある社員食堂に日替り定食を食べに行くのが、アルバイト間の習わしになっている。

奥本さんはすぐに仕事にも海老坂を店長と呼ぶことにも慣れ、天気の良い日に、自転車で銀座や丸の内界隈《かいわい》を走ることに快感を覚え、これなら長期間続けてもかまわないとさえ思った。紹介してくれた海老坂は、車道を走るから緊張感はあるが、人間関係などのストレスは全くないと言ったが、その通りで、アルバイト同士の仲間意識は強く、結束も固かった。

奥本さんが実際に走行するコースは、例えば以下のようである。

勝どき六丁目の社を出発し、晴海通りに入って、勝鬨橋《かちどきばし》を渡り、築地場外市場を通り過ぎ、汐留の某社へ、そこで書類を受け取って、丸の内二丁目ビルにある東京商工会議所証明センターへ赴き、輸出書類用の原産地証明を申請して交付を受け、それを汐留に届けてから帰社するといった具合である。

東京商工会議所から、六本木ヒルズに向かうこともあり、その時は皇居に沿い、桜田門、国会議事堂、首相官邸、溜池《ためいけ》を経て六本木に至る。帰りは、虎ノ門から勝どきへと近道を辿る。

日給は、交通費込みで一万一千二百円、週三日働いて月収は十三万四千四百円である。

出勤しない火、木、土、日は、早朝、座間谷戸山公園に出かけてのんびり散策したのち、相模大野駅周辺でブランチ、帰宅して読書する。彼はこれまで大長篇のため敬遠していたドストエフスキーの『カラマーゾフの兄弟』をこの際とばかり読み始めたのだが、あまりの面白さに時間を忘れて没頭した。

半月かけて読了後、これも学生時代から気にかけていた夏目漱石の『道草』に取り掛かり、読み終えたら引き続き漱石の遺作『明暗』を読むつもりである。

気分を変えるため、近所の蕎麦《そば》屋や焼鳥屋に出かけたのち、パソコンに入れた将棋ソフトと対戦することもある。シンプルでヘルシーな生活だが、特別なことは何も起こらない。第三者が観察したら、どうしてこのようなライフ・スタイルを選んだのか、不審に思い首を傾《かし》げるかもしれない。

四月末の日曜日、彼は座間谷戸山公園に出掛ける途中、足立不動産に立ち寄り、一カ月の賃貸契約の更新手続きを終えた。

†

アルバイトを始めてから一カ月目の水曜日、彼は店長に誘われて、「銀座最古にして唯一のキャバレー」という触込みの「白いばら」に立ち寄った。店の外壁に大きな日本地図のボードが掛けられ、名札でその日店内にいるホステスとその出身県が一目で分かるようになっている。店長はボードを指差して、

「新潟の村上出身の子でね、愛ちゃん、いい子なんだ、これが。以前どっかでバニーガールやってたらしいけど、脚が長くてスタイル抜群。指名しても、人気だからなかなか席に来てくんないけどね」

と言った。

二人が入店したのは開店直後だったので、指名の愛ちゃんともう一人、埼玉県熊谷出身の梨乃《りの》さんが隣にすわり、四人はビールで乾杯した。

奥本さんは、ミラーボールが回って生バンドが演奏する店の雰囲気から、かつての日活映画を連想し、

「『嵐を呼ぶ男』っていう映画、知ってる?」

と梨乃さんに訊いてみると、

「お客さんに聞いたことあるけど、観たことないの。わたしが観て面白かった邦画は、深田恭子と土屋アンナが主演した『下妻物語』」

と言い、奥本さんはその作品を知らなかったので軽く頷いただけだった。

梨乃さんは、彼女の源氏名は、女優のかたせ梨乃に似ているので、フロアマネージャーが付けてくれたというのだが、巨乳である以外共通点は無さそうにみえた。店長は、

チャイナドレスを着ている愛ちゃんのスカートのスリットに、手を滑り込ませようとして、何度もはねつけられている。

サービスタイムが終わる九時前に二人は店を出て、エントランスの前で見送る愛ちゃんと梨乃さんに手を振った。

「いい店でしょ。このご時勢、一人七千円は安いよなあ」

と店長がつぶやき、奥本さんは、

「感動した」

と元総理の口真似《まね》をした。


四日後の日曜日、奥本さんは午後一時に町田将棋センターに現れた。いつも通り「宮越屋珈琲」に寄って、アイス・ティーと焼チョコ・トーストを摂り、戦闘意欲を掻《か》き立ててのことである。

この日、道場の席主は不在で、常連の一人である五十代の男性が対局を取り仕切っていて、奥本さんの顔を見るなり、

「あの子、高一だけど強いんだ。相手してやってよ」

と言った。休日なのに席は半分しか埋まっておらず、混み始めるのは三時くらいからか。「あの子」とは、幼顔の残る女子高生で、奥本さんは二つ返事で引き受け、

「奥本です、よろしく」

と言って、その子の前に着席した。女子高生も丁寧にお辞儀して、

「渡井《わたい》です、よろしくお願いします」

と挨拶する。

最初の対局が始まってからすぐに気がついたのだが、その女の子は、駒捌《さば》きが堂に入っており、しかも妙に落ち着き払っている。初顔合わせだと、呼吸が荒くなるタイプもいるが、その子は盤面を見つめたまま手合い時計に手を伸ばし、ボタンを押すので、見知らぬ人との試合に慣れていることが窺《うかが》えた。

奥本さんは、悪手を指した訳でもないのに序盤で形勢不利となり、中盤に飛角交換を強いられたあたりで、敗勢が決定的になった。彼女は二枚の角を巧みに使って攻め続け、一時間経過したところで彼は無言で頭を下げた。

いったんトイレに立って気を鎮めたのち、再び挑戦したが、女の子は彼の棋力を正確に把握したらしく、初戦よりも遥《はる》かに大胆な戦術を採用し、怒濤《どとう》の寄せで、鮮やかに詰め切った。

奥本さんは、椅子の上で尻が落ち着かなくなり、何度も深呼吸を繰り返したのち、

「もう一丁」

と再び挑んでみた。

奥本さんにとって三番目の勝負は、この日最高の出来だったが、終盤に入ると、奥本さんが熟考の末一手指すたびに、女の子は間髪を容《い》れず指し返す。そのため、消費時間の上でも追い込まれて、反撃の糸口が摑めないまま時間切れで負けた。

これまで奥本さんは、二、三段クラスに三番、棒で負けたことがなく、内心少なからずショックを受けた。帰りがけ、席主代理に、

「あの子、プロ志望だってさ、俺も勝ったことない」

と言われ、

「早く言え！」

心中で男に毒突いて、道場をあとにした。

放心状態だった彼は、町田駅で電車に乗ってから、それが帰路とは反対の新宿行き快速急行であることに気づき、そのまま代々木上原まで行き、千代田線に乗り換えた。表参道駅から銀座線で銀座駅で下車、銀座四丁目の交差点に立って時間を確認すると、午後五時を回っている。空腹を覚えた彼は、銀座通りの一本裏道の銀座ガス灯通りを一丁目方向に歩き、道の右手に洋食屋「煉瓦亭《れんがてい》」を見つけ、元祖と称するオムライスをオーダーしてビールを飲んだ。

指名したのが奥本さんと分かって、梨乃さんは意外という表情を浮かべたが、ただち

に微笑《ほほえ》みかけて右隣にすわり、左手で彼の右手を包み込んで、

「嬉《うれ》しい、すぐ会いに来てくれて」

と言った。

日曜の宵なので、ウィークデーはサラリーマンでごった返す「白いばら」も閑散としており、梨乃さんに指名が入らないまま時がたつうち、彼女は問わず語りに身の上話を始めた。

梨乃さんは、熊谷市の市立中学を卒業後、すでに就職していた姉を頼って上京し、大崎の二間のアパートで同居した。姉妹で蒲田の工場に勤めていた時、彼女は酒の味を覚え、週末、未成年ながら新宿のゴールデン街に通うようになる。

ある夏の日の深夜、翌日が休みだった彼女は、バーのカウンターで飲んでいて、釧路《くしろ》出身の中年の男性客が、店のママに、釧網《せんもう》本線の魅力について語るのを耳にした。

釧路と網走《あばしり》を結ぶ釧網本線は、釧路湿原や原生花園、摩周湖、川湯《かわゆ》温泉と、見所豊かな鉄道路線として、観光客の人気を集めている。

この男性は、かつて「SL冬の湿原号」に乗ったことがあり、列車が茅沼《かやぬま》駅に停車した際、車窓から三、四羽の丹頂鶴が飛び立つ瞬間を目撃したと言い、その後、網走港で乗船した流氷観光砕氷船「おーろら」の甲板では、

「青空に大鷲《おおわし》が舞うのも見たさ――ッ」

とお国訛《なま》りで語った。

「釧路って、啄木《たくぼく》がいた町よね」

とママが水を向けると、この客は、

「さいはての駅に下《お》り立ち雪あかりさびしき町にあゆみ入《い》りにき」

と遠いところを見つめる目つきでつぶやいた。図に乗ったママが、

「吸いさしの煙草で北を指すときの北暗ければ望郷ならず。

随分長いこと帰ってないんでしょう」

と男性のセンチメンタルな気分を煽《あお》り立て、客は危うく涙を零《こぼ》しそうになって、唇を固く結んだ。

その時梨乃さんは、今、夏のボーナスの残りを持っている、中学では修学旅行にも行けなかったし、このまま北海道に行く手があるかと思いつき、始発電車に乗って、羽田空港に向かったという。

日本航空の午前七時台の便に乗って、釧路空港に降り立った彼女は、釧路駅にほど近い一角にある市民の台所、和商市場を訪れた。市場内の各店からイクラやウニ、ホタテ、魚の切り身を買い求め、御飯に載せてオリジナルの海鮮丼を作るという「勝手丼」を二通り賞味してすっかり満足し、午後三時台の便で東京に舞い戻ったそうだ。

その後梨乃さんは、勤務先で知り合った男性と結婚、夫が家業を継ぐことになり大阪

へ。東住吉区に住み、区内の公立高校の夜間部に通い、高卒の資格を取得したが、その翌年に離婚。帰京して、デパートの地下食料品売場で、京都の老舗漬物店の販売員として働くうち、他店の女性販売員からキャバレー「白いばら」を紹介されたのだった。

奥本さんは、話を聞いているうち、この日の午後、手痛い負けを喫してプライドが傷付き、何かに八つ当りしたい気分になった自分が滑稽で愚かしい人間に思えてきた。彼は、梨乃さんの幸福とはいえない半生の回想によって癒されたのだが、そのことを伝えようとした時、場内アナウンスが響いて梨乃さんに指名が入り、彼女は反射的に立ち上がって、

「ご免なさい、直に戻って来るから」

と言い置いて、馴染《なじみ》の客のテーブルへと歩き去った。

†

奥本さんの妻左映子と娘の麻美は、ダイニングテーブルを挟んで向かい合ってすわっている。二人は香り付けにブランデーを数滴垂らした紅茶のカップを前にして、今しがた終わったばかりの〝現場検証〟の成果について話し合おうとしていた。

麻美は昨夜帰宅して、母に、父が旅に出たと聞かされ、

「どういうこと？　二〜三カ月って」

と訊いたものの、母が黙って差し出した奥本さんのメモを見て、それ以上何も言わなかった。

奥本さんは、妻と娘に、なぜ家《うち》を出て〝独り暮らし〟したいのか、その動機と目的を追及されることを恐れていたが、メモを目にした左映子が最初に思い浮かべたのは、何を持って旅立ったのか、持って出たと推測できるものは何かという問いだった。

翌土曜日の朝、妻と娘は奥本さんの部屋に入り、机の周辺から書棚、洋服ダンスなどを、時間をかけてチェックしたのち、納戸や浴室、靴箱なども丁寧に見て回った。

「トラサルディのバッグに、夏物の衣類ばかり詰めてるわね。秋冬物には手を付けてないから、ホントに二〜三カ月のつもりかしら」

と左映子が言うと、麻美は、

「携帯を置いてったのね。誰からも連絡してほしくないって意味？」

と疑問を口にした。

「分からないのはお金。旅費をどうするつもりかってこと。銀行や郵貯のカードは、パスポートと一緒に金庫の中に入ってるし、ネットで確認してみたら、株も投資信託も動かしてない」

「こっそり、へそくりしてたとか」

「……。クレジットカードは持ってるみたいだけど、これまでキャッシュサービスを利用したことないのよ。『大人の休日倶楽部』の会員証とか健康保険証は当然要るとして、スポーツクラブやTSUTAYAのカードは要らないでしょ、旅行するのに。でも、置いてってない」

「運動しに戻って来る……訳ないし。

何ていうか、何もかもお父さんらしくないわね。唐突に旅行に出かけるってこと自体、いちばんしそうにないことじゃない。

……だから、そもそも〝旅〟っていうのが怪しい気がする。パソコンとかCDプレーヤー使って、ドストエフスキーや漱石の全集を読みながら旅するってヘンよね」

「お寺や神社に籠って修行する……みたいな旅」

「そう、そんな感じ」

しばらく沈黙して、紅茶を一口啜《すす》ったのち、左映子が一人ごとのような口調で、

「恋人、愛人と逃避行……の線はないと思う。真面目《まじめ》な人だからっていうんじゃなくて……、モテないからでもなくて……、そんなふうに人生の針路を思い切り違う方向に切り変えてしまうのが、何より苦手な人なんだ、彼は」

と言った。

一週間が経った。奥本さんからは何の音沙汰もない。左映子は、ただ帰って来るのを待てばいいのか、どこにいるか探さなくてはならないのか、迷い始めた。

例えば、年賀状をベースにして、友人、知人、かつての同僚などに問い合わせる手もある。しかし、一時的にせよ、行方不明になっていることを、大勢の人に知らしめてよいものか。

二週間経過して、奇妙な情報が彼女の耳に入ってきた。

王禅寺の町内では、お年寄りのグループが一種の頼母子講《たのもしこう》、無尽のような組織を作っていて、観劇や食べ歩き、小旅行や工場見学などを定期的に実施している。そのメンバーである老女が、新橋演舞場で、松竹新喜劇を観ての帰り、銀座三越に寄って四丁目の信号を渡ろうとした時、和光側の車道を、奥本さんによく似た男性が自転車で走り過ぎて行ったと家族に漏らし、左映子がその家の主婦と新百合ヶ丘のショッピングセンター・オーパで顔を合わせた時、目撃談を聞かされた。

銀座の街を自転車で……。彼女は、他人の空似に決まっていると思いたかったが、胸騒ぎが止まらない。

一緒に「朗読の会」を主宰している女性に、思い切ってこの件を打ち明けてみると、その女性はハンドバッグから携帯を取り出して連絡先をチェックしたのち、「アーウィン」という探偵事務所に依頼してみては、と言った。元木《もとき》という神奈川県警を退職した元刑事の探偵がいて、信用できる人物とのことだ。

左映子は数日迷った末、麻美を伴って、アーウィン探偵社に赴くことにした。その日は、奥本さんが旅に出た日から三週目の金曜日に当る。


アーウィン探偵社は、横浜駅西口から歩いて十五分ほどの、台町《だいまち》の古ぼけたビルの五階にあった。元木は大柄で、柔道選手かラガー・マンのような体型を白いダブルのスーツで包んで登場した。左映子と麻美は気圧されて、やや落ち着きをなくして畏《かしこ》まった。

しかし、元木はマッチョな外見に似ず、穏やかな口調で、奥本さんの経歴から、現在の家庭環境や趣味、いなくなった前後の状況、持って出た荷物、所持金の有無などを簡潔に尋ねたあとは、二人が喋るにまかせて話に耳を傾けるだけで、質問はいっさい差し挟まない。

二人もまた、余計な感想を交えないで、事実だけを要領よく語った。おまけの情報として、銀座四丁目で見掛けたという話も付け加えた。

二人が、調査に必要と思われるデータを、おおよそ提供し終わったところで、左映子が、以前ある作家がこんなことを書いていたのを覚えている、と言った。関東の人間が事件を起こして逃亡する場合、東北地方や北海道へ行こうとする、関西方面や九州に逃げようとはしない、と。

「あの人は犯罪者じゃないから、大阪やら沖縄県やら、思いがけないところへ行ってしまったのかもしれませんけど、そうではない気がしてしかたがないんです」

元木は、それまで詳細なメモをとっていたボールペンを置いて、

「どうしてそう考えるんです？」

と質問をした。

「彼は、普段の生活スタイルを簡単に変えようとはしないタイプ。さっき申し上げたスポーツクラブとか、将棋の会所、新百合ヶ丘駅近くの〝ＤＡＮＴＥ〟っていう、コーヒーを飲んで豆を買って来る喫茶店、そういう馴染の場所や人との関係をすべて突然断ち切って、全く知らない地方に行って、種田山頭火《たねださんとうか》でしたっけ、俳人みたいに漂泊したり新しい生活を始めたりなんて、まずするはずがない人なんですよ」

娘の麻美も同調して、

「そういえば、座間に大きな自然公園があって、時々午前中そこに行って歩き回ってましたね。いつか一緒に行かないかって。木とか花とか虫とか、拘《こだわ》っているものが色々あって、面白おかしく説明してくれたことがあったけど、例えばそこに全く行かなくなるのは、とっても不自然な感じがします」

元木は、二人から聞いた中で、奥本さんを見つける上ではこれが最も重要な手掛かりになるだろうと予測した。つまり、案外、自宅から遠くない場所にいる可能性が高い。

そこで二つめの質問をした。

「仮に、ご自宅の近くにいらっしゃるとしますね。では、ご主人がお二人とこれまでのように一緒に暮らそうとしなくなった、その動機、目的について何か心当りはございませんか？」

妻と娘は、奥本さんが旅立って以来、この謎については、互いに触れないようにしていた。本人自身にも明快に説明できない理由が隠されているような気がしてならないからだった。

二人は、左映子がさっきハンドバッグから取り出したばかりの奥本さんの写真三葉を見つめ、押し黙ったままだった。

翌週の月曜から元木は調査を開始した。彼はまずタクシー会社に連絡し、当日の客の乗車記録を確認してもらう。スポーツクラブのメンバーが、いつ利用したかの資料も調べてもらったが、いずれも成果はなかった。

彼は、当てにはならないと思ったものの、銀座周辺を自転車で走る人間は、築地市場と関係がありはしないかと考え、そこで市場の卸売業者協会の広報担当に問い合わせ、現地に出向いて臨時雇用者のいる店を挙げてもらい、写真を手にして一軒ずつ回ってみた。何の手掛かりも得られないまま、彼が築地から銀座へ向かって晴海通りを歩いていた時、背後から奥本さんの乗った電動自転車がハイスピードで追い抜いて行った。元木は、次に、町田にあるという将棋道場を訪ね、それが空振りに終われば、ウィークリーマンションをリストアップするしかないと考えながら道を急いでいたため、自転車にはまるで気づかなかった。

元木は町田に二つある将棋道場の一つめの道場を地図を頼りに探し当て、席主に事情を手短に説明して、奥本さんの写真を取り出して見せると、

「いまは、毎週日曜にいらしてますよ」

と即答を得た。

元木もこれほどあっさり見つかるとは思っていなかったので、意外の感に打たれた。

「次の日曜は、千駄ヶ谷の将棋会館に行かなきゃいけないので、このことは代わりの者に伝えておきます」

と席主が言った。

†

奥本さんは、漱石の『道草』をいったん読み終えたものの、『明暗』に移ろうとはしなかった。

彼は、この小説が自伝的作品であることをあらかじめ知っていたので、私小説の味わ

いを予想して読み始めたが、写実的な描写が多いものの、いわゆる自然主義リアリズムとは異なる筆致で書かれていると思った。

冒頭で、「帽子を被《かぶ》らない男」が、〝過去の亡霊〟と化して主人公の前に出現し、ミステリアスな雰囲気を醸し出しているため、謎に釣られて読み進むうち、夫と妻の際限のない心理戦が繰り広げられ、奥本さんは、「不愉快に充《み》ちた」漱石の人生がどのようなものであったかよく分かって、何度も溜息《ためいき》を吐《つ》いた。

読了後、彼は全体を斜め読みしながら、何カ所か精読するという作業を繰り返し、夢の記述に似ている幼年期の回想部分に魅《ひ》かれて、音読までした。

主人公の健三は、幼い頃自分が住んでいた家の間取りや近所の下り坂、萱葺《かやぶ》き、池の緋鯉《ひごい》の影などを鮮明に覚えている。しかし、彼が回想しているのは、往時の生活の中で垣間見たいくつかのシーンだけで、その場所で暮らしていた事情や人間関係は、思い出の中から丸ごと抜け落ちている。


「自分はその時分誰と共に住んでいたのだろう」

彼には何らの記憶もなかった。彼の頭はまるで白紙のようなものであった。

奥本さんは、こうした描写から、以前読んだカスパール・ハウザーの評伝を思い起こし、幽閉されていた貴種かもしれない若者が、辛うじて思い出す切れ切れの過去を連想した。さらにそのことから、自身の来し方にも思いを廻《めぐ》らすようになった。

彼は夕食を外で済ませて自室に戻り、ベッドに寄り掛かった姿勢で、入居した日に買った厚手のクッションにすわり込み、黒糖焼酎の水割りを啜る。テレビの映像はONになっているが、音声はOFFで、いわば部屋の賑《にぎ》やかしにつけているだけで、見てはいない。次第に酔いを感じ始めると、もの思いに耽《ふけ》って、夜半まで無為に過ごすのである。脈絡もなく、小学校卒業間近の無人の校庭が不意に思い浮かんだりする。

彼が結婚して二、三年目の大晦日《おおみそか》、妻と共に、横浜のフェリス女学院大学で催されたコンサートに出かけ、食事して深夜近く、山下公園に向かったことがあった。午前零時、年が改まると同時に、港に停泊している船がいっせいに汽笛を鳴らす、それを聞いてから帰宅しようと目論んでのことだった。関内で電車を降りて、雑踏の中を彼がやや前に出て、妻が左後方を歩いていた。大さん橋入口近くのシルクセンターの前に差しかかった時、突然右側から若い女性が近寄って来て、彼の右手に両手を絡め、

「ご免なさい、遅れて……」

と言ったとたん、人違いに気づき、

「あらっ……」

とつぶやいて足早に離れて行く。近づいて来た妻も驚いた様子で、その女性の背中を

見つめていた。

　奥本さんは、

「どうしてこんなことを細部まで覚えてるんだろう」

　と不思議に思いながら、新たな水割りを作る。

　あれは、娘が小学校三年生の時だった。春の日の午後、世田谷美術館に用のあった左映子と待ち合わせ時間を決め、奥本さんは麻美を連れて砧《きぬた》公園を歩いていた。敷地の真ん中を流れている小川を越えて、正面入口から最も遠い出口付近まで来たところで、巨大な犬を連れた中年男を見かけた。砧公園内に、犬を連れて入ることはできない。男は、管理事務所の目が届かない場所で、その犬を散歩させていて、服装からしてまともな稼業に就いているとはとても思えない風体の人物だった。

　その男は犬に〝待て〟と合図をして、手からリードを離し、犬に向かって空手の型を思わせる動きを見せ、右足で回し蹴りの真似をして、靴先が、静止して男を見上げている犬の頭上をかすめて空を切る。

　奥本さんは、男が、体高が一メートル近い大きな犬に対して、少しも愛情を抱いていないこと、バカげたパフォーマンスを人目を意識して行っていることに反撥《はんぱつ》と苛立《いらだ》ちを覚え、麻美に、

「あの人、何してるの？」

と訊かれても、何とも答えようがなかった。

「どうして、こんなことまで忘れずに……」

と独り言《ご》ちて、黒糖焼酎の残りをグラスに注《つ》ぎ足す。

そんなふうにとりとめのない記憶を思い返しているうち、奥本さんは、久し振りに妻と娘の顔が見たくなった。自宅を出てから一ヵ月と一週間が経過している。


地下道の壁際に立って、奥本さんは左手前方七、八メートルの距離にある東京メトロ銀座線京橋駅の改札を見つめていた。彼は、娘の麻美が勤めている食品会社を目指して、日比谷から京橋二丁目まで歩いて来たのである。

この日は火曜日でアルバイトは休み。彼は相模大野駅前のドラッグストアで眼帯を買い、トイレで眼鏡を外して着けてみると、鏡にまるで見知らぬ人物が映っていたので驚いた。

念の為、顔を隠せるようコンビニで「夕刊フジ」を買い、日比谷に出て遅い昼食を摂り、「椿屋《つばきや》珈琲店」で文庫本を読んだのち、〝銀ブラ〟しながら目当ての会社の前まで来た。途上でトラヤ帽子店を覗いたり、江戸歌舞伎発祥の地の碑を見たりもした。

時刻は五時二十分で、麻美が社を出るのは定刻の五時半過ぎ、寄り道しなければ、七時前後に帰宅するのが常だから、鍛冶橋《かじばし》通りと中央通りの交差点付近で待てばよいのだが、適当な場所が見つからなかった。退社した麻美は、中央通りの歩道から京橋駅の8番口に入り、改札に向かう。地上で待つより地下に下りたほうが、と判断して、改札へと先回りしたのである。

奥本さんは、変装に絶対の自信を持っていたが、万一目が合わないとも限らないので、改札の出入りを背後から見る方向にしか顔を向けなかった。

麻美が速い足取りで改札を通過したとたん、奥本さんはすでに取り出していた「大人の休日倶楽部」のカードを右手に、一歩前に踏み出した。その時、

「これってストーカー行為じゃないのか」

という言葉が脳裡を掠《かす》めたが、見失うといけないのでとりあえず急ぎ足で改札を通る。娘の乗っている隣の車両に乗り込んで、表参道で千代田線に乗り換える。小田急線新百合ヶ丘駅で娘と共に下車し、駅の階段を下りる麻美の後ろ姿を見つめたところで尾行を止める。表参道では、先に千代田線のホームに移動し、すれ違うふりをして、娘の顔を正面から見ることができた。彼は満足し、

「父親が娘に付き纏《まと》うのは、ストーカー規制法に抵触しないだろ」

とおそまきながら天の声に反論した。

同じ週の土曜日、奥本さんは再び眼帯を胸ポケットに入れて、新百合ヶ丘の駅から徒歩で五、六分の川崎市麻生《あさお》市民館へ向かった。

彼は、左映子が五月半ばに、「朗読の会」の発表会を開催する予定であることを覚えていた。

市民館に電話で問い合わせ、この日の午後三時から五時まで、大会議室で「朗読の会」が催されることを確認する。

部屋の使用料がかかるのと、ゲストに声優を呼ぶため謝礼が必要で、参加費の名目で一人二百円徴収するのだと妻が言っていた。何人くらい来るのと聴衆の数を問うと、

「いつも百人くらいは集まるわよ、川崎市の広報にお知らせが載るから」

奥本さんは開始直前に会場に入り、最後列の椅子にすわった。左映子は百人と言ったが、百四十〜五十人は入っているのではないか。理系の麻美はこうした催しには関心がない。

市の若い男女の職員数人が会場整理したり、大型テレビとブルーレイ・DVDプレーヤーをセットして、準備が整うと、出演者が入場して来て、拍手で迎えられた。左映子ともう一人の女性講師、会のメンバーが十人、それに女性の声優の計十三人全員がそれぞれのテキストを手にしている。司会は、今日は出演しないメンバーの女性が務める。

スタートしてから三十分ほど経過して、場内の照明が落とされ、DVDを使って、サイレント映画の上映が始まった。

チャップリンの短篇「チャップリンの役者」を観ながら、声優が昔の「活弁」よろし

く、即興でセリフを捻《ひね》り出すパフォーマンスを演じて、会場から盛んに笑い声が湧き起こった。

次にメンバー五人で、三島由紀夫の『サド侯爵夫人』第三幕を朗読する。

役者が演じるのと同様、役が決められているので、動きはないものの本物の舞台を見ているような迫力がある。

シャルロット　サド侯爵がお見えでございます。お通しいたしましょうか。

（一同沈黙）

お通しいたしましょうか。

（…………）

ルネ　お帰ししておくれ。そうして、こう申上げて。「侯爵夫人はもう決してお目にかかることはありますまい」と。

——幕——

朗読劇は予想以上に面白く、サド侯爵夫人ルネ役の若い女性の声の良さ、セリフ回しのうまさに奥本さんは感心しきりで、大きな拍手を送った。

女性講師が夏目漱石の『夢十夜』の第三夜と第十夜の二つを朗読する。

第三夜の最後の段落、

「自分はこの言葉を聞くや否や、（…………）背中の子が急に石地蔵のように重くなった」

場内に小さな騒《ざわ》めきが生じた。恐怖は伝染するのである。

トリは左映子で、モンゴメリ作、村岡花子訳の『赤毛のアン』の第九章、第十章を読んで、会は無事お開きとなった。

奥本さんは一カ月半ぶりに妻の肉声に接して、〝艶《なまめ》かしい〟と感じた。朗読している最中《さなか》だから、どうせ見えやしないと、彼は眼帯を外して眼鏡を取り出し、遠目にではあるが、妻の容姿を熟視した。顔立ちだけでなく、首筋から肩の線、胸のふくらみと視線を移していくうち、妙な気分に陥ってしまった。

相手には知られずに、見知らぬ女性を覗き見しているような奇妙な快感を覚えたのである。

ストーカーからピーピング・トムか、と独語する。

その夜、奥本さんは寝酒に泡盛の古酒《クースー》のグラスを傾けた。

明け方、性的シーンが繰り返し現れる夢を見て、起床後トイレに行き、夢精が起きたことを知った。

アーウィン探偵社の元木が作成した詳細な報告書を読み終えた左映子は、夫が電動自転車に跨《また》がって晴海通りを疾走するさまを想像し、シュールレアリスムの絵画を目にしているような気分に陥った。

†

退職した夫がこうした肉体労働に従事するなんて生《ナマ》の現実とは思えないし、第一、車の群れを縫って車道を自転車で走るなんて危険極まりないのでは、と気を揉《も》む。

麻美はレポートを飛ばし読みして、

「去年の夏、ボーナスでデジカメ買ったでしょ、あれでお父さんが颯爽《さっそう》と走ってるとこ、撮影したいな。背景は、勝鬨橋と隅田川」

と言った。

報告書には写真が添付されていたが、写っているのは、ウィークリーマンションとアルバイト先の会社のビル、女の子を前に頭を抱えて将棋を指している奥本さんの背中の三枚だけだった。

「今度は、私たちが探偵になって……」

左映子は、二人で奥本さんを尾行してみようと提案した。

奥本さんが出勤する翌週の水曜日、午前六時半過ぎに、左映子と有休を取った麻美は相模大野駅のステーションスクエアで左右に分かれて、バスで到着した奥本さんが外階段を上がって来るのを待ちかまえていた。前夜は駅上の「小田急ホテルセンチュリー相模大野」のツインルームに泊って、翌朝の尾行に備えたのである。二人共、女性用のやや小振りな、花粉対策マスクを着けていた。

二人は奥本さんを見つけるなり、五～六メートルの間隔を置いてあとを尾《つ》け始めた。奥本さんが全く周囲に気を配っていないことに気づいた二人は、素知らぬ顔で同じ車両に乗り込み、築地駅まで同乗して、地上に出てからは十数メートル後方から、互いに先になり後になりして尾いて行った。奥本さんが会社のビルに入るのを確認すると、二人は勝鬨橋まで戻って橋のたもとに並んで立ち、隅田川の川面を眺めるふりをして、ターゲットが現れるのを辛抱強く待つ。

晴海通りを、自転車に乗った一群の男たちが走って来ると、麻美は右手に提げたカメラを持ち直し、男たちが橋上に乗り入れた瞬間から連続して四回シャッターを切った。

麻美はモニター画面を左映子に示して、

「カッコよく撮れてる、いい感じ」

と言った。

髪を風になびかせて、先頭を切って走る奥本さんの勇姿の向こうに、橋梁《きょうりょう》のアーチに止まったカモメが一羽、小さく写っていた。

二人は自転車軍団を見送ったのち、勝鬨橋から築地市場に向かい、場内の午前四時から オープンしている喫茶店に入った。

「お父さん、活《い》き活きしてたわね。ああいう仕事が、元気の素《もと》になってるのかな」

「そうだとしても、長く続けるつもりはないのよね。お金のためじゃなくて、何かを見つけようとしてるのか、あるいは何かを知りたいのか……、例えば取材するために組織に潜入して……、ひょっとして小説やシナリオを書こうと思って、銀座を走り回る体験をしてるとか……」

考えあぐねた左映子は話題を変えて、

「せっかくこんなとこまで来たんだから、歌舞伎座に寄ってみようか」

と言い、二人は晴海通りを歌舞伎座まで歩いたが、建物の周辺はパーティションで仕切られ、工事が始まっている様子だ。貼紙《はりがみ》を読んでみると、

「建て替えのため、二〇一三年二月末日まで閉場する」

とあった。

麻美が携帯を取り出して、

「近くに、歌舞伎役者が出前を取るので有名なシチュー屋さんがあったでしょ」

と「食べログ」を検索した。

二人は、開店までの時間をつぶすため、松屋銀座で買物をして、午前十一時半に「銀之塔」に入店した。

土鍋で供される和風味のタンシチューを注文して、グラスワインの赤も追加する。左映子は、夫の姿を間近で見て深い安堵《あんど》を覚えていたが、麻美は、妻と娘に心配をかけて、反省の色が見えない父に対する批判的な気持を募らせていたものの、二人共互いの気持にはフタをして、赤ワインのグラスを小さく捧げ持ち、乾杯のしぐさをした。

†

奥本さんは、アルバイトを始めた日に、同僚について店長から以下のようなレクチャーを受けた。

「みな、気のいい連中でね、仕事はスムーズに進むし、問題が起きたことはないんだけど、癖のあるやつが二人いて……」

一人は、都立高校の英語教師を長年勤めて退職した〝教授〟と呼ばれている人物だった。

「年金も貰ってるし、共著らしいが受験参考書も何冊か書いてて、多少の印税が入ってくるんだって。子供も独立してるっていうから、どうしてここでバイトしてるんだか。

よっぽど家に居らんない事情があるとか」

店長は彼が苦手で、そのため教授についての情報が不足していることが後に分かった。奥本さんが本人から聞いたところによると、教授は年に二回、夫婦で西ヨーロッパ中心に海外旅行していて、その資金作りに働いているのである。

ある日奥本さんが、丸の内二丁目ビルの地下一階にある「リフレッシュルーム」のソファにすわって、ペットボトルのお茶を飲んでいると、自動販売機の左横の喫煙ルームのドアから、煙草を吸い終えた教授が出て来た。

彼は会釈して、奥本さんの横にすわり、いきなり、

「この近くの三菱一号館に入ったことあります？」

と訊いた。奥本さんが首を横に振ると、

「付設の美術館を覗いてみるといいですよ。杉田玄白の『解体新書』とか、マルコ・ポーロの『東方見聞録』の初版とか、常設展示されてるから。駒込の東洋文庫の所蔵品だけど」

奥本さんは、この人は人を啓発して喜びを感じる、根っからの教師タイプなのかと思った。

アルバイトの終業時間は午後五時三十五分と決められているが、その日の仕事が早く終われば、担当の社員の判断で五時前に上がることもある。先日も奥本さんは五時過ぎ

に教授と連れ立って退社し、近辺で一杯という成行きから、銀座四丁目へ向かった。教授の、

「穴場のモツ焼き屋を紹介しますよ」

という言葉に従ったのである。

その店は、天賞堂の手前を右に入ってすぐ左手にあり、教授は、

「その前にちょっと案内したいところが」

と言い、二人は店が入っているビルと隣接するビルの隙間を通って天賞堂の真裏の道に出た。教授は、道の片側にあるお稲荷さんに手を合わせ、その向かいの小さな店を指差して、

「ボールペンと鉛筆の専門店。ここのオリジナルのペンシル・ホルダーは、お洒落《しやれ》で使い心地がいい」

と奨《すす》めて、

「予約しとかないと、入れないんだけど」

と付け加えた。

再び隘路《あいろ》を抜けてモツ焼き屋の前に戻り、縄暖簾を潜って入ってみるとすでにカウンターは常連たちで占められている。店内を見渡した奥本さんは、壁に「エル・フラメンコ」のポスターが貼られているのに目を留めて、

「七〇年代の新宿の雰囲気じゃないですか。小田急百貨店の隣の飲み屋街にあってもおかしくないような」

教授は〝我意を得たり〟という顔をして、

「和光と天賞堂に挟まれた場所に、モツ焼き屋があるとは誰も思わないよね」

と言った。

店長の言うもう一人の「癖のあるやつ」とは、アルバイトの中で最も若い四十代の男性のことだった。

「彼、大学を卒業して、大手商社に入ったんだけど、当時住んでた文京区の中学の男の子にちょっかい出して、警察沙汰になっちまったらしい。御稚児《おちご》さん好きなんだよ、これが。結局会社を辞めて、大学院に進んで、修士論文のタイトルが『ムガル帝国の興亡』だって。ムガルって、モンゴルとは別の国だよね、たぶん。その後、どこに勤めても長続きしなくて……、じつはここじゃあいつが最古参なんだ。アルバイトに来ない日は、大学の公開講座で、ラテン語だかヘブライ語だか勉強してるって言ってた」

「ここの収入で生活できるんですかね」

「実家は横浜市都筑《つづき》区の大地主で、昔は横浜のチベットって馬鹿にされた土地が住宅地になったでしょ、地下鉄も通ったんだっけ？　とにかく典型的な土地成金の総領息子。やつはいま、ベイエリアの高層マンションに一人住まいしてるよ」

店長は、彼の名前は影山《かげやま》だが綽名《あだな》は〝カゲマ〟だと小声で言った。

影山は人懐っこくて愛想がよく、新入りの奥本さんに最初に話しかけてきたのも彼だった。目立つのを嫌って、集団の中では控え目に振舞い、率直な物言いをする彼の人柄に、奥本さんは好感を持ったが、店長をはじめ誰もが彼との間に一定の距離を置こうとしているように見えた。

その日の午後、奥本さんは丸の内目指して、外堀通りを走っていた。数寄屋橋交差点の手前でブレーキを掛けた時、左側の道から影山の自転車がスピードを上げて飛び出してきて、左側に寄せて来たタクシーの車体と危うく接触しそうになった。影山は思い切りハンドルを左に切って、勢いのまま歩道に乗り上げ、派手な音を立てて横転した。通行人は誰も寄って来ない。

前輪がいつまでも空回りしているのを見て取った奥本さんは、そばへ寄って停車し、まずバッテリーのスイッチを切ってから、起き上がろうとする彼に手を貸した。

影山は、不安げなまなざしで歩道の後方を見つめ、無言で自転車を押して歩き始めた。

「コントロールできなくなったの？」

並んで歩きながら奥本さんが問うと、影山は答えたくなさそうな様子で、周囲を見回した。

二日後の昼食時、社員食堂で食事を終えた奥本さんが、アルバイト仲間と共にテーブルから立ち上がろうとした時、離れてすわっていた影山が、缶コーヒーを二つ手にして近寄って来た。話がありそうな気配で、奥本さんは椅子にすわり直した。

「あの自転車、修理するのにメーカーに送らなきゃいけないんですって」

「壊れてたの？」

「いや、僕が転んで壊しちゃったみたいで……。あれから会社まで押して帰ったんですけど」

影山は少し躊躇ったのち、なぜ電動自転車を急発進させなきゃならなかったかを説明した。――彼は首都高速脇にある泰明《たいめい》小学校の校門の傍らに自転車を停めて携帯を取り出し、下校する小学生の男の子の写真を撮ろうとしたのである。目敏《めざと》く見つけた母親たちの一人が校舎に駆け込み、二人の教師が走り寄って来たので、彼は自転車に飛び乗り一目散に逃げようとして、スピードを出し過ぎ制御が利かなくなったという。

奥本さんはその後、このことを他言しなかった。翌週、たまたま影山とトイレで並んで用を足した際、影山は、彼の行き付けの店が赤羽《あかばね》にある、毎日曜日、通ってるから一度付き合ってくれませんか、もちろんご馳走《ちそう》します、と誘った。

次の日曜日、二人は午後一時に赤羽駅改札で待ち合わせた。

「鯉《こい》とうなぎのまるます家　総本店」は平日、休日関係なく大繁盛の居酒屋で、影山のように遠方から通って来る客も多い。土・日・祝日は朝の十一時に開店し、名物おかみがいる。その日、二人が訪ねた時、一階、二階共にほぼ満席に近かった。二人はようやく一階の階段下の小さなテーブルに着くことができた。

「おや、今日は珍しいね、お友達と」

白いエプロン姿の腰の曲った〝お婆《ばあ》さん〟が現れた。

彼女は奥本さんに向かって、

「この人、いつも一人で来るの。友達いないんだと思ってたけど」

と言った。

「ジャンボ酎ハイ・モヒートセット、げそ天、すっぽん鍋」

と影山の注文を復唱して、

「ごゆっくりね、明日までいたっていいんだよ」

と言い置いて去って行く。

「あれが人気のおかみ。……東京ですっぽん鍋を食わせる店なんて、ざらにはありませんよ。八百五十円って値段もね破格でしょ。二百円足すと雑炊にもしてくれます」

と影山は言った。

大きなグラスの酎ハイが運ばれて来た。ライムとミントの小皿が付いている。影山のやりかたを真似て、奥本さんはライムとミントを酎ハイにトッピングして楽しみ、すっぽん鍋は最後に雑炊にしてもらった。勘定は割勘にして、店を出た。

「次は面白い場所に案内します。そこは奢《おご》りますから」

と影山は通りに出て、タクシーを止める。奥本さんは、影山の口振りから「白いばら」のような店を連想するが、時間的にはちょっと早過ぎる気がする。

「湯島三丁目」

と影山は運転手に告げた。

「どう行きます？」

「環七から17号線に出て、農学部前で本郷通り、本郷三丁目を左折して春日《かすが》通り、天神下を右折、不忍通りで湯島三丁目」

「助かります」

運転手の声が皮肉っぽく響いた。

タクシーを降りて、大小の商業ビルが雑然と建ち並ぶ湯島三丁目付近の狭い路地を歩く。

「いま、一番エロいのはニューハーフ」

と影山は、並んで歩く奥本さんにささやいた。

この時点で奥本さんは引き返してもよかった。だが突然、彼の視線の先に大きな赤い円筒形の郵便ポストが出現した。

「あのポストが目印です」

なぜか奥本さんから引き返す気力が失《う》せた。

影山は投函者のふりでポストに近づき、こっちです、と一声掛けて古ぼけたビルの端にある狭い入口へと身を翻した。奥本さんも慌てて後を追う。

入口は、地面すれすれまで垂れ下がったテント地のダブル暖簾で仕切られていて、暖簾を掻き分けるとすぐ地下へと下りる急な細い階段になる。下り切ったところで影山がインターホンを押して名乗ると、ドアのロックが解除される音がした。


壁紙はピンク色、床がフローリングの無愛想な小部屋で、ベッドの脇に横長の鏡が嵌《は》め込んである。茶髪で濃いメイクの若い女性が入って来た。アオザイに似たワンピースに細身の体を包み、胸はあるかなきかで、小脇にA4サイズのライティングボードを抱えている。ベッドに並んで腰掛けると、女性はバッグからマジックペンと布切れを取り出した。奥本さんが戸惑って、問いたげな目差《まなざし》を投げかけると、女性は微笑してうなずき、ボードの上部に、Brigidです、よろしくお願いします、と横書きした。

ボードとペンを手渡された奥本さんは、本名を記す。ブリジッドは布切れで名前と挨拶文を消し、長い文章を書き始める。

「わたくしは、お客さまを、体と心の両面から深く癒してさしあげたいと……、そのため、お客さまがわたくしに何を求めていらっしゃるのか、このボード上に詳しく書いていただければ……」

「癒」の月が目になっている。

奥本さんは、どうしてこんな面倒臭いやつと関わり合わなきゃいけないと腹立たしい気持になったが、ペンを執って、

「実はこういう場所は初めてなんで、君が何をサービスしてくれるのか見当がつかない、いくつか具体例を挙げてもらえないか」

ブリジッドは奥本さんの文章を消し、

「フルコースだと、1)一緒にシャワー　2)ディープ・キス　3)全身リップ　4)生フェラ　5)玉舐《な》め　6)アナル舐め　7)前立腺マッサージ　8)アナル受け　9)逆アナル　10)一緒にシャワー　締めに、ボードでトーク」

と一気に書き上げた。

奥本さんはそれを一読後、「締めに、ボードでトーク」に傍線を引き、

「これは要らない」

と大書した。

奥本さんはいつもと同じ姿勢でクッションにすわり、芋焼酎のオンザロックを飲んでいた。「原酒」の四合瓶はすでに三分の一空いていて、相模大野駅前の伊勢丹の地下でつまみに買った昆布巻が二切れ、プラスチック容器の中に残っている。

湯島三丁目の「白夜」では、フルコースに挑戦したが、7)の前立腺マッサージでブリジッドのペニスを握り締めたまま果ててしまい、彼女は明らかに落胆した様子を見せた。

現在進行中の〝独り暮らし〟は、漠然と思い描いていたものと、随分違ってきている。ニューハーフに出会ってサービスされるなどという事態が、我が身に起きるとは思いもよらなかった。彼が人生の予測不可能性について思いを廻らすうち、かつて自身が囚《とら》われた畏れと、その原因になった出来事が頭に浮かんできた。

†

それは昭和六十一年（一九八六）に起きた事故で、彼と同期の編集者今井が、三十七歳の若さで亡くなったのだ。今井は、会社帰りにパブでウィスキーを飲んで、地下鉄の階段で転び、打ちどころが悪くて意識が戻らないまま、二週間後に亡くなったと奥本さんは聞かされた。葬儀に参列した彼は、帰りに今井と同じ編集部に所属している年輩の女性編集者と居酒屋に寄って、意外な話を聞いた。

今井は入社以来、月刊誌の編集部にいて、副編集長に昇格した時点で次期編集長と目されていたが、春の異動が発表された時には、後輩の週刊誌の副編が新編集長に抜擢《ばってき》された。

その時点で今井は辞典編集部に移ったものの、僅か一年で文庫編集部へと、いわばタライ回し状態に陥り、最後の異動から十カ月後にこの事故に遭ったという。

女性編集者は、第一報を耳にして直ちに駆け付けた社員のうちの一人だが、彼女は現場の目撃者から、今井が階段で前のめりに倒れ込んだ際、庇《かば》い手をしなかったと聞いた。そのため今井は、頭蓋骨に致命傷を負ったのだ。

「酔ってたんでしょうけど、庇い手をしないっていうのは不自然ね。どんな場合でも、反射的に手は出るでしょうから」

彼女は言外に〝自死〟の可能性を仄《ほの》めかし、

「出世コースから外れたのが、人生初の挫折だったのかしら。確か入社試験ではトップだったと聞いたけど。それにしてもね……、お子さんも小さいし」

と続けた。

奥本さんの娘麻美は、この年、二歳だった。

奥本さんは、今井が月刊誌の編集部では、社長賞を何度も受賞し、女性週刊誌の落ちこぼれ編集者だった自分とは異なる道を歩んでいることを羨んでさえいたのだが、突然こんな終わり方を迎えるとはと、彼にとって今井の死の衝撃は大きかった。

その二カ月後、奥本さんは偶然手にした写真週刊誌の記事を目にして、震撼《しんかん》した。これよりもっと理不尽な、訳が分からないと言ってもいい事件と死が報じられていたのである。

その人物Sは、昭和五十年（一九七五）東京大学法学部を卒業後、東京海上火災保険株式会社に入社した、誰もが「マジメ」「堅物」「無口」と評する典型的なエリート・サラリーマンだった。出身は岡山県である。

昭和六十年（一九八五）秋、課長代理のSは、地元岡山の名家の令嬢と見合いし、結婚式は六十一年五月、ホテルニューオータニと決まった。

挙式の一カ月前、婚約者の父が上京した際、Sは婚約者のマンションに出かけ、父と婚約者に会って、その夜は三人別々の部屋で寝た。

数時間後、Sは婚約者の父が寝ている部屋の前に家具でバリケードを築き、婚約者を絞殺し、彼女の枕許《まくらもと》で左手首と首筋を切り、七階のバルコニーから飛び降りた……。

Sは遺書を残していなかったが、彼が寝ていた部屋のナプキンには、

「月も隈《くま》なきは嫌にてそうろう」

と走り書きされていた。

奥本さんはこの言葉の意味を知りたいと思い、国文科卒の校閲者に問い合わせてみた

ところ、

「『徒然草』下　第百三十七段　花はさかりに、月はくまなきをのみ見るものかは――桜の花は咲き揃ったところがいい、月は翳《かげ》りもなく照り輝いているのがいい、とは限らない」

本文は、「雨にむかひて月をこひ、たれこめて春のゆくへ知らぬも、なほ哀《あはれ》に情《なさけ》ふかし」と続く。

しかし、メモは原文とは異なる文脈の候文になっているため、Sの真意は摑めなかった。

〝隈なき月〟が、〝非の打ち所が無いカップル〟を指しているとしたら。奥本さんは、Sが隠していた心の闇の深さと狂気に戦《おのの》き、暗澹《あんたん》たる思いに駆られた。

この雑誌は奥本さんの書斎のどこかに今でも残してあるのだが、奥本さんは、昭和六十一年（一九八六）に、二カ月間隔で起きたこの二つの異様な出来事を、頭の片隅で反芻《はんすう》しているうち、今井とSは共に、〝運命の悪意による不意打ち〟を食らったのではないかと思うようになる。

一人で酒場のカウンターにいる時など、このペシミスティックな想念は、〝我々が無事に生きていられるのは、外側から恐ろしい力が襲いかかってこない間だけ〟という益体も無い妄想にまでふくれ上がった。彼は、このことを他人に語ったことはない。

素面《しらふ》でいる時でも、時折奥本さんは、〝運命の悪意による不意打ち〟の徴候がどこかに表れていないかと注意深く周囲を見回すようになった。彼は駅のプラットフォームでは、決してホームの縁《へり》に近い場所には立たなくなり、信号待ちする時は、横断歩道から三～四歩手前の位置にいて、車の暴走と突入に備えた。三十代の終わりの頃のことである。

もちろん、こうした神経症じみた傾向は、四十代、五十代と人生経験を積むうちに自然と忘れ去られ、〝運命の悪意による不意打ち〟という何の根拠もない畏れは解消された。いま彼は、当時の自分を〝若気の至り〟と振り返るだけの余裕があるし、現在、電動自転車で車道を走っている時でも、不慮の事故に遭遇する可能性など考えもしない。

しかし、奥本さんは、運命という言葉が含意しているものについては、年齢を重ねるにつれて、認識が深まったと感じているのである。

人生も半ばを過ぎた時、彼は、運命論者になった訳ではないが、なるようにしかならないと、どこかで思い定めたのは間違いない。

それと同時に、「〝独り暮らし〟をしてみたい、誰も知らない場所で」、という奇妙な欲望が、脳裡を掠めるようになった。

奥本さんは、氷がなくなったので、ミネラル・ウォーターで水割りを作りながら、自分は運命に抗《あらが》おうとして、そんなことを考えるようになったのかと自問した。

人は各自が抱える運命に従って生きざるをえないと納得していながら、主体的に、自由意志によって何かを選択して生きる道も模索したくなったのか。我ながらどうにも矛盾している……。

仕事や家族、住まいなど、あらゆる関係やしがらみから解き放たれて、独りで生きる。それが一時的なものであれ、真の自由を経験してみれば、運命の受け止め方が変わるはずだと思ったのか。

だが、彼は〝独り暮らし〟を二カ月近く続けているが、自分が自由に生きているという実感はまるでない。

現在、週に三日アルバイトに出掛け、それ以外の時間は勝手気儘《きまま》に過ごして、人付き合いのストレスは皆無である。会社員時代は、週五日間拘束され複雑な人間関係の網の目に捕えられて生きていた。

比較すると、明らかに自由度のレベルは、今の方が遥かに高い。にもかかわらず、会社員生活とアルバイト生活では、後者の方が不自由だと奥本さんは感じている。

家族から離れて暮らしているから不便だという意味ではなく、何をしてもかまわない、資金が続くなら週に何回でも湯島に通うことだって出来る、そうした限界の無いアナーキーな自由さ加減が〝不自由〟だと受け止めているのである。

人は、自由という刑に処せられていると言った哲学者がいたっけな。

奥本さんは空になったグラスをぶら下げてふらっと立ち上がり、カーテンと窓ガラスを開けて、倉庫の壁と銃眼のような小窓の列を酔眼を凝らして見つめた。そしてクッションには戻らず、ベッドに寝そべって、そろそろ自宅の個室に戻るべきだが、どのタイミングでと考え始め、メーテルリンクの童話劇『青い鳥』の結末を連想して苦笑いし、笑みを浮かべたまま眠りに落ちた。

五月末の土曜日の夕方、奥本さんは、「神保町シアター」を出て、「書泉ブックマート」に向かって歩いていた。

彼は、「散歩の達人」を参考にして、神田・神保町の街歩きをした際、この映画館の場所を確認しておいた。邦画の名作中心にライン・アップを組んでいると聞き、是非一度足を運んでみたいと思っていた。

彼は、小津、成瀬、木下といった巨匠の代表作はほぼ観尽くしていたが、成瀬の「秋立ちぬ」だけは観逃していた。販売されているDVDは余りに高価、新百合ヶ丘のTSUTAYAに、この作品は置かれていない。「神保町シアター」が、成瀬特集を企画し、「秋立ちぬ」が上映されると知った彼は、この日を待ち兼ねていた。

映画は、期待以上の面白さだった。彼は、小津のベスト　オブ　ベストは「東京物語」だという説には同意するが、好きな作品なら「早春」を挙げる。成瀬も、「浮雲」

は名作だと思うが、好みを言うなら「秋立ちぬ」になるだろう。

彼は、主人公の少年が、年下の少女と江東区東雲《しののめ》の埋立て地を歩くシーンに強く動かされた。母が駆落ちしてしまった少年の未来には、何の光明も見出せない。だが、彼は気落ちした素振りは見せないで、少女にキチキチバッタを採ってやろうとするのである。

奥本さんがその場面を思い浮かべながら、すずらん通りの入口に差しかかった時、左右から二人の女性が近づき、彼を真ん中に挟んで腕を組んだ。驚いて、両腕を振り解《ほど》こうとした彼は、二人が妻と娘であることに気づいて、

「どうして、どうやって……見つけた」

と力なくつぶやいた。

彼が立ち止まってスクラムを解消すると、妻と娘は一回転して彼を促し、逆方向に歩き始めた。右側から左映子が、

「この通りの左側に、ロシア料理店があるの。予約してあるから、そこでじっくり事情聴取させてもらうわ」

と言うと、左側から麻美が、

「事情聴取が終わったら、裁判が始まるのよ。お母さんが裁判官で、わたしが検事。弁護人はいないわよ」

と続けた。

奥本さんは歩道に視線を落とし、二人と歩調を合わせながら、蚊の鳴くような声で、

「家に帰ってもいいかな」

と訊いた。

妻と娘は破顔一笑し、声を揃えて、

「いいとも！」

と答えた。

解説

円城塔

辻原登の小説は常に明確である。

たとえば地理。

登場人物たちがどこをどう通ってどこへ行ったかを追跡できる。A地点からB地点への移動の間に、次々と地名がはさまる。

たとえば、とある震災のボランティアの姿を描く「仮面」では、神戸を出発した人々が、養老SA、足柄SAを経て多摩川を越え、日比谷公園に到達する、といった具合だ。箱崎から川口JCTを経由して、東北自動車道を北上。仙台宮城ICを通過して、一関ICで下りたあとは、国道343号線をみつけて東へ進む。

その地になじみのない人でも、一緒に地図を追いかけていけば、移動の経路や目的地は明確である。むしろ知らない方が純粋に、地図を広げる楽しさを味わえるかもしれない。それは、登場人物たちとの心情の同化を楽しむといった小説の読み方とはややズレた行為となって、読書の中に、作者の存在や作為とは関係のない、現実の地理が立ち現れる。

この移動を、情景描写とか時間経過の表現と呼んで読み飛ばしてしまうのはあまりに惜しい。ひたすらに地名をつらねていく能の道行のようにして、現実の地理と体のリズムがつながったり、二つの地点の間には無数の地点が存在するので、無限個の点の先にある目的地にはたどりつけないと言いだすゼノンのパラドックスがどこからか浮かんできたりするかもしれない。

登場人物たちは移動していく。空間の中を、時間の中を、無数の細部を超えて、なぜか目的地にたどりつく。

たとえば来歴。

「月も隈なきは」の登場人物である奥本さんは、昭和二十四年、杉並区松庵で生まれ、世田谷のS学園に、初等学校から大学まで通った。

人間誰しも来し方がある。それは確実に存在しているにもかかわらず、でもそれほど細かく思い出されることもないものだ。友人や配偶者の知らない細部や、自分でもすっかり忘れてしまっている細部、他人しか知らない自分についての情報が人間にはある。

そもそも意識に上がることのない出来事が周囲には常に渦巻いている。取り上げることのできた何かの細部が、その後の展開の「原因」だったと思えたとしても、それが正しいのかはわからない。実は他の、自分には感じとることができなかった細部が「真の原因」として隠れていたりしたのかもしれず、でも、誰もあえて拾い上げることのなかった出来事から広がる真偽などは、誰に判定できるというのか。

淡々と記される登場人物たちの来歴は、読者が日常的に出会う人々について知るそれよりも多分、詳細である。しかしそれでも汲み尽くすことのできないその人物の来歴のほんの一部にすぎず、たまたま触れることのできた細部にすぎない。

たとえば科学知識。

「Delusion」の主人公であるT大学医学部附属病院精神神経科主任診療医黒木純一のもとに現れる相談者は、〝JAXA、宇宙航空研究開発機構に勤めていて、今年二月中旬にヒューストンのジョンソン宇宙センターから有人宇宙船「オリオン」でISS、国際宇宙ステーションに行き、三カ月滞在して、半年前の五月に帰還した〟人物である。すでにして過剰な（しかしただの事実であり、正確な記述のためにはそれだけの文字数が必要な）肩書きを持つ医師のところへ現れた相談者が、さらに輪をかけて過剰な来歴を一息に（しかし事情説明のためには不可欠であり必要であるのは間違いなく、こうして告げてしまうのが手っ取り早い手段でもある）、自分で語りだしてしまう可笑《おか》しさがここにはあるが、そこから続く二人の対話は非常に専門的なものとなる。相談者は、主人公が「双極性障害はこころの病ではなく脳の病気で、生物学的障害であるとはっきり述べ」、「ミトコンドリアの機能障害やカルシウムシグナリングの問題として、分子や細胞レベルで解き明かそう」としていることに感銘を受けてやってきたのだという。日常的に耳にする会話とは言い難いが、それでも世界のどこかにはそうした会話が当たり前に行われている場もあるはずであって、そうした場では日常的な会話の方が非日常のものに聞こえうる。二人の話題は木星の衛星エウロパなどへも広がっていき、分子から惑星のスケールに及ぶ。

会話の内容は正確であり、戯画化された科学者たちの姿は見えない。正確すぎて、全てが決まった手続きの上で行われているという印象さえも生じはじめる。

分子の世界の運動は、決まった法則に従う。惑星や衛星の運動もまた、決まった法則に従うとされる。それらは時間の進行とともに正確に運動していく。過去も未来も決まっていて逸脱は決して起こらない。普段意識することはないものの、そうした、人間とはスケールの異なる世界においてもやはり、無数の出来事がこうしている今もリアルタイムで起こり続けている。

たとえば事件。

「渡鹿野」の世界において一九七九年に発生している三菱銀行人質事件は、現実において一九七九年に起こった三菱銀行人質事件と同様の展開をみせる。三菱銀行人質事件を参考にしたというよりは、地理においてそうであったように、三菱銀行人質事件そのものであるといってよい。しかしこれは小説であり、地理同様に過去の事件が現実として平然と押し入ってくることには、なにかの種類の迫力があり、普段は思い浮かべることもない「確かにあったに違いないのだが、どこか信じることのできない」出来事が剝き出しの姿を現す。

一般には、虚構と現実の間には境目があると思われている。壁や膜で隔てられているというイメージがあるのだが、本書に並ぶ短篇においては、晴れと雨の地域を行き来するようにして、その境目は融けあっている。気がつくと雨が降っており、いつのまにか陽がさしているようにして、この線からこちらは晴れ、ということがない。かといって、虚構と現実が好き放題に絡み合い、白を黒、黒を白と好き放題にフェイクを広めているのかというと決してそんなことはないのであって、それぞれの世界には現実世界と同様に確固とした地理があって来歴を持つ人々がおり、理性で把握できる世界が広がり、抵抗不可能な現実がある。

「いかなる因果にて」の語り手は作者その人のようでもあるし、同時に小説の中の登場人物でもある。確認可能な事実は現実と強く対応し、第三者からは知る由もない語り手の内面については語りを信じるよりほかなく、それを虚構と決めつける根拠は特に見当たらない。それらはおそらく、作者が体験した現実であっても構わない。現実が虚構であってはたまらないが、虚構が現実であることはありうる。

辻原登の小説は常に明確である。

科学もそこに含まれる、どうすることもできない現実が確固として存在しており、小説の中へ巧みに拾い上げられていく。そこに現実を現出させるのに十分な強度で取り上げられる。では、確固たる要素で構成され、確固たる法則に従う世界は、整然として美しいのか。

現実が決してそうしたものではないという不思議を、わたしたちは日々経験しているのであり、しかしそのことにあまり不思議を感じずにいる。時に痛ましい事件は起こる。しかしそれは異常な出来事として分類され、特例として、滅多に起こらないこととして忘れ去られる。非常に低い確率で生じる出来事に対して、人は興味を持ち続けることができない。

いや、ここで描かれているのは、確率なるものでどうこうできるようなものではなくて、確率とは、それでもまだ計算が可能な代物であり、統計の手が及ぶようなものを対象とする。一度きりしか起こらないものの確率を語ることはできない。分子から惑星までのスケールの間で無数に生起し続ける、予期せぬ細部のどれかが引きがねとなり、何かが起こる。何が引きがねになったのかを特定できることは滅多になく、それが本当のところ因果であるのかどうかは、一度きりの出来事なので検証する術もない。

本来はあらゆる事柄が、一度きりのものとして進行するが、その奔流の中で生まれ育ったわたしたちはある意味で、一度きりの出来事に慣れてしまって、たまたまたどりついた凪の中に暮らしていることをつい忘れてしまう。忘れることができなければ、凪にたどりつくことはできなかったのかもしれないけれど。

そうして、凪はあるとき破れる。その瞬間を予期することは不可能であり、起こってしまえば取り返すことは叶わない。それは現実として実現される。多くの場合、凪はすみやかに修復される。ひきつれは残る。もしくは不意に口を開けた現実に呑み込まれてしまい、それを報告する機会さえも与えられない。

（えんじょう・とう　作家）

本書は、二〇一八年十一月、河出書房新社より刊行されました。

初　出

「渡鹿野」――「文藝」二〇一五年夏季号
「仮面」――「すばる」二〇一七年一月号
「いかなる因果にて」――「文藝」二〇一七年夏季号
「Delusion」――「新潮」二〇一七年十月号
「月も隈なきは」――「文藝」二〇一八年秋季号

集英社文庫 目録（日本文学）

集英社文庫

不意撃《ふいう》ち

2024年12月25日　第1刷　　定価はカバーに表示してあります。

著　者　辻原《つじはら》　登《のぼる》

発行者　樋口尚也

発行所　株式会社 集英社
東京都千代田区一ツ橋2-5-10　〒101-8050
電話　【編集部】03-3230-6095
【読者係】03-3230-6080
【販売部】03-3230-6393(書店専用)

印　刷　TOPPAN株式会社

製　本　加藤製本株式会社

フォーマットデザイン　アリヤマデザインストア　　マークデザイン　居山浩二

ISBN978-4-08-744723-1 C0193